怪談収集《かいだんしゅうしゅう》家《か》 山岸良介《やまぎしりょうすけ》の冒険《ぼうけん》

作　緑川聖司

絵　竹岡美穂

ポプラ ポケット文庫

登場人物

山岸良介《やまぎしりょうすけ》

怪談収集家《かいだんしゅうしゅうか》。全国の“本物”の怪談を集めて「百物語」の本を完成させることが仕事。

高浜浩介《たかはまこうすけ》

山岸《やまぎし》さんの助手《じょしゅ》をつとめる小学５年生。とくべつな霊媒体質《れいばいたいしつ》。

園田絵里《そのだえり》

「怖《こわ》い話」が大好きで活発な女の子。浩介の幼《おさな》なじみ。

狭間慎之介《はざましんのすけ》

浩介の同級生。５年前、浩介と共に怖い目にあい、以来怪談嫌《ぎら》い。

長いトンネルをぬけると、視界《しかい》が一気にパーッと広がった。

山間《やまあい》にたたずむ町並《まちな》みのむこう側で、まっ青な海がまっ白な太陽の光をうけて、キラキラとかがやいている。

「うわ――――っ！」

ぼくたちは窓《まど》をあけて、胸《むね》いっぱいに潮《しお》のかおりをすいこみながら、歓声《かんせい》をあげた。

「どうだ、すごいだろ？　ほかにはなにもないけど、海だけはじまんなんだ」

運転席の清彦《きよひこ》さんが、ぼくたちをふりかえって、にやりと笑う。

「ちょっと、キヨくん。前見て、前」

助手席の園田《そのだ》さんが、あわてた口調で清彦さんの肩《かた》をたたいて、前を指さした。

「はいはい……あいかわらず、絵里《えり》は口うるさいなあ」

清彦さんの言葉に、園田さんがほおをふくらませる。それを見て、ぼくと慎之介《しんのすけ》は顔を見あわせて笑った。

夏休みも、のこりあと一週間。

ぼくたちは、園田《そのだ》さんのおじさんがやっている海辺の民宿へとむかっていた。運転しているのは、おじさんのひとり息子《むすこ》で、園田さんのいとこにあたる清彦《きよひこ》さんだ。現在《げんざい》大学の二年生で、最近、車の免許《めんきょ》をとったばかりなので、やたらと人をのせたがるらしい。

園田さんのおじさんは、もともとは日本料理の板前さんだったんだけど、その腕《うで》をいかして、十年前にこの町で、料理がじまんの民宿をオープンした。

園田さんも、毎年夏になると家族で泊《と》まりにきてたんだけど、今年はお父さんもお母さんも仕事がいそがしくて休みがとれなかった。かといって、園田さんひとりでいくのもつまらない。

そこで、ぼくと慎之介《しんのすけ》におさそいがかかったというわけだ。

子どもだけで二泊《はく》三日《か》の旅行なんてゆるしてもらえるかな、と心配だったけど、幼稚園《ようちえん》のときからよく知っている園田さんのおじさんのところということで、すんなりオッケーしてもらえた。

うちも、今年は仕事やひっこしでいそがしくて、夏休みにどこへもつれていけなかったことを、気にしていたらしい。

そして、電車にゆられること二時間。

駅までむかえにきてくれた清彦《きよひこ》さんの車にのって、ぼくたち三人は、K《ケー》県にある海辺の町までやってきたのだった。

車は山をおりて、町の中へと入っていく。

消防署《しょうぼうしょ》の前を通りすぎ、ラーメン屋さんとガソリンスタンドのある交差点を右にまがると、目の前に堤防《ていぼう》が現《あらわ》れた。

堤防のはるかむこうでは、二時間ドラマのラストシーンにでてきそうな断崖絶壁《だんがいぜっぺき》に、大きな波がぶつかって、はでな水しぶきをあげているのが見える。

「すっげえなあ」

慎之介《しんのすけ》が感嘆《かんたん》の声をあげた。

「慎之介は、きたことないの?」

ぼくと慎之介《しんのすけ》と園田《そのだ》さんは、同じ幼稚園《ようちえん》に通っていたんだけど、家の都合でぼくだけが、卒園《そつえん》と同時にひっこしていった。そして、いまから一か月前――五年生の夏休みに入ったところで、また同じ街にひっこしてきた。だから、園田さんとのつきあいは慎之介のほうが圧倒的《あっとうてき》に長いのだ。

だけど、慎之介は断崖《だんがい》に目をむけたまま首をふった。

「ないない。去年もさそわれたんだけど、塾《じゅく》の夏期講習《かきこうしゅう》とかさなって、いけなかったんだ」

そういえば、慎之介は今年も夏期講習に通っていたはずだ。

「もしかして、中学受験とか考えてる？」

ぼくがきくと、慎之介はちょっとおとなびた表情《ひょうじょう》で「うーん」と顔をしかめた。

「父さんと母さんは、受験したほうがいいっていうんだけど……」

「まあまあ。ここにいる間は、そんなこと考えずに、楽しもうぜ」

明るい口調でふりかえる清彦《きよひこ》さんに、

「キヨくん、前」

園田さんの注意がとぶ。

それを見て、慎之介《しんのすけ》の顔に笑顔がもどった。

堤防《ていぼう》にそって走っていた車は、三つ目の信号をすぎたところで速度を落として、一軒《けん》の民宿の前にとまった。

昔ながらの日本家屋をひとまわり大きくした感じの、立派《りっぱ》な建物だ。

玄関《げんかん》の上に〈**海鮮民宿《かいせんみんしゅく》　そのだや**〉の看板《かんばん》がかかっている。

玄関の前で車をおりると、がっしりとした体格《たいかく》の男の人と、エプロン姿《すがた》のほっそりした女の人がでむかえてくれた。

「いらっしゃい。〈**そのだや**〉へようこそ」

男の人が、まっ黒に日焼けした顔をしわだらけにして笑う。

男の人が園田《そのだ》さんのおじさんの和彦《かずひこ》さんで、女の人が奥《おく》さんの良美《よしみ》さんだった。

園田さんがぼくたちを紹介《しょうかい》する。

「お世話になります」

ぼくと慎之介が、そろって頭をさげると、

「あら、あなたが浩介《こうすけ》くん？」

良美《よしみ》さんが目をほそめて、なつかしそうにぼくを見た。

「昔、幼稚園《ようちえん》のときに一度だけあったことがあるのよ……って、おぼえてないわよね」

そういって、コロコロと笑う。

園田《そのだ》さんのお母さんが、体調をくずして入院していたときに、しばらく泊《と》まりがけで家のことをてつだっていたのだそうだ。

ぼくたちはとりあえず、車から荷物《にもつ》をおろして、民宿の中にはこびこんだ。

ほかのお客さんも宿泊《しゅくはく》しているので、ぼくたちはおじさんたちが生活している、住居部《じゅうきょぶ》分のはなれに泊めてもらうことになっていた。

食堂《しょくどう》で、そうめんと地元名産のおし寿司《ずし》を食べると、さっそく水着に着がえて外にとびだす。

海水浴場《かいすいよくじょう》は、宿のすぐ目の前にあった。

雲ひとつない青空が、ずーっと遠くまでつづいていて、そのまま水平線にとけこむようにかすんでいく。

ザザ……ザザ……という波の音が、ぼくたちをつつみこんで、そのまま空へとすいこまれていきそうだった。

「気持ちいいね」

水着の上からT《ティー》シャツを着た園田《そのだ》さんが、大きくのびをしながらいった。

砂浜《すなはま》では、家族づれや大学生っぽいグループが、あちこちでビニールシートをしいて、パラソルで日かげをつくっている。

ぼくたちも、民宿でかりてきたシートをしいて、パラソルをたてた。

「あのブイのむこうは、遊泳禁止《きんし》だからね」

清彦《きよひこ》さんが、沖《おき》にうかぶ赤や黄色の丸いブイを指さしながらいった。

ブイの外側では、ジェットスキーが水しぶきをあげながら走っている。

「荷物《にもつ》はぼくが見ていてあげるから、みんな、遊んできていいよ」

「はーい」

園田さんがさっそくTシャツをぬいで砂浜をかけだし、慎之介《しんのすけ》がスイカのデザインのビーチボールを手に、あとを追う。

「あれ？　浩介《こうすけ》くんはいかないの？」

「あ、ぼくはちょっと、これをつけてから……」

ぼくは荷物《にもつ》の中から、タオルにくるまれた〈あるもの〉をとりだすと、それを首からかけた。

清彦《きよひこ》さんが、ちょっとおどろいたように目を丸くする。

「――どうしたの、それ」

「やっぱり、変ですか？」

ぼくは胸《むね》の前にぶらさがった、とうめいなビニールケースを手にとった。

海やプールに入るときに、スマホやお金を入れておくための防水《ぼうすい》ケースなんだけど、ぼくはその中に、深緑色をした布製《ぬのせい》の、小さなお守りを入れていたのだ。

「いや、変じゃないけど……ちょっとめずらしいな、と思って」

清彦さんはほほえんだ。

「いまどき、肌身《はだみ》はなさずお守りを身につけてるなんて、信心深いんだね」

「そういうわけじゃないんですけど……」

ぼくはあいまいに笑ってごまかした。

ぼくがお守りを身につけているのは、信心深いというより、用心のためだった。

このお守りは、ぼくの家のとなりに住んでいる、山岸《やまぎし》さんからわたされたものだ。

山岸さんは、怪談収集家《かいだんしゅうしゅうか》という、ちょっとあやしげな変わった職業《しょくぎょう》についている。

山岸さんの家の庭にあるお地蔵《じぞう》さまをこわしてしまったぼくは、そのお地蔵さまを弁償《べんしょう》するかわりに、山岸さんの仕事をてつだうはめになってしまったのだ。

山岸さんによると、ぼくは強い霊媒体質《れいばいたいしつ》で、怪談を集めている山岸さんの助手としては、うってつけらしい。

一週間前、ぼくが「園田《そのだ》さんたちと海水浴《かいすいよく》にいくから、仕事の手伝いを二、三日休ませてほしい」と申しでると、うす紫《むらさき》の着物を着た山岸さんは、腕《うで》を組んで深いうなり声をあげた。

「――本当にいくのかい？」

「どういう意味ですか？」

「いや、まあ……水辺はいろんなものを引きよせるからね」

「でも、ぼくのこの体質《たいしつ》は、この町のせいなんですよね？」

山岸《やまぎし》さんによると、ぼくの霊媒《れいばい》体質は、いま住んでいる町とすごく相性《あいしょう》がいい（？）らしく、ひっこしてからわずかの間に、すでにいくつもの怪談《かいだん》に遭遇《そうぐう》していた。だから、旅行先では逆《ぎゃく》に安心かな、と思ってたんだけど……。

「でも、一度目ざめちゃうとねえ……」

山岸さんは、意味ありげな口調でそういって、上目づかいにぼくを見た。

そこまでいわれると、だんだん不安になってくる。

なにしろ、怪談にまきこまれてしまうのは、ぼくだけとはかぎらない。いっしょにいる園田《そのだ》さんや慎之介《しんのすけ》まで、あぶない

目にあわせてしまうかもしれないのだ。

ぼくが、どうしようかとなやんでいると、

「だったら、これをわたしておくよ」

山岸《やまぎし》さんは、まるで用意していたみたいに、着物のたもとから深緑色のお守りをとりだした。そして、

「旅行の間は、ぜったいに肌身《はだみ》はなさず身につけておくんだよ」

そういいながら、ぼくの手にお守りをにぎらせたのだった。

そんなわけで、ぼくは家をでてからずっと、ズボンのポケットにお守りを入れてきたんだけど、布製《ぬのせい》なので、海に入れたらぬれてしまう。どうしようかと思っていたら、慎之介《しんのすけ》が防水《ぼうすい》ケースをかしてくれたのだ。

以前、海外旅行にいったとき、貴重品《きちょうひん》を入れるために買ってあったものが、たまたま荷《に》物《もつ》の中に入っていたらしい。

「それじゃあ、いってきます」

ぼくはサンダルをぬぐと、海にむかって走りだした。

今年初めての海は、最初だけつめたかったけど、すぐに気にならなくなって、ぼくは水の中にからだをなげだした。

顔をあげると、ビーチボールがぼくの頭にポスンとあたる。

こっちを指さして笑う慎之介《しんのすけ》に、ビーチボールをなげ返しながら、ぼくはふたりのほうへとかけよった。

今年の夏休みは、ひっこしがあったり、怪談《かいだん》にまきこまれたり、謎《なぞ》の隣人《りんじん》にふりまわされたりと、なんだかあわただしかったので、ここにきてようやく、夏を実感できている感じがした。

それからしばらく、波うち際《ぎわ》でビーチバレーを楽しむと、ぼくたちはシートにもどって、麦茶でひと休みをした。

このあたりは、全体が大きな湾《わん》になっているらしく、遠くのほうに見おぼえのある断崖《だんがい》が見える。

さっき、車から見かけた断崖だな、と思っていると、がけの上に小さな人かげが見えた。

逆光《ぎゃっこう》になっていてよくわからないけど、スカートがひらひらとゆれているので、たぶん女の人だろう。

その人かげは、どんどんがけのはしへと近づくと、そのまま止まることなく、がけからふわりととびおりた。

「あっ！」

ぼくは思わずさけび声をあげて立ちあがった。

まるで木の葉のように、女の人が海へと落ちていく。

「どうしたんだよ？」

ぼくの大声に、慎之介《しんのすけ》がびっくりして目を丸くする。

「いま、がけから人が落ちた……」

ぼくがぼうぜんとつぶやくと、

「え？　どこ？」

園田《そのだ》さんが立ちあがって、ぼくの腕《うで》をつかんだ。

「ほら、あそこの……」

ぼくがさっきのがけを指さすと、がけの上にまた人かげがあらわれて、スカートをひるがえしながら落ちていった。

「あ、ほんとだ！　いま……あれ？」

園田《そのだ》さんが、とちゅうで矛盾《むじゅん》に気づいて、首をかしげた。

ぼくが「人が落ちた」といってから、がけに視線《しせん》をむけたのだから、落ちる瞬間《しゅんかん》を目撃《もくげき》できるはずがない。

同じ光景を二回目撃したぼくも、混乱《こんらん》していた。さっきのは見まちがいだったのだろうか。それとも……。

どうやら、ほかにも気づいた人がいるらしく、海岸が少しざわつきだした。

「どうしたんだい？」

肩《かた》をたたかれてふりかえると、海の家に買いだしにいっていた清彦《きよひこ》さんが、焼きとうもろこしを手に立っていた。

「なにかあったの？」

「それが……」

がけを指さして、ぼくは絶句《ぜっく》した。

がけの上に、また人かげが見えたのだ。

白いワンピースを着た黒髪《くろかみ》の女の人が、ぼくのほうを見てにやりと笑うと、ゆっくりとからだをかたむけて、はげしく水しぶきをあげるがけの下へと落ちていった。

距離《きょり》がある上にこの逆光《ぎゃっこう》では、服の色とか表情《ひょうじょう》なんかわかるはずがないのに……。

そう思っていると、海岸がさらにざわつきだした。

どこかで「いま、人が落ちたんじゃないか」という声もきこえる。

どうやら、だんだん目撃者《もくげきしゃ》の数がふえていっているようだ。

わけがわからずに、ぼくが立ちすくんでいると、

「ねえ、きみ」

海パン姿《すがた》の、まっ黒に日焼けした男の人が声をかけてきた。

たしか、砂浜《すなはま》の監視台《かんしだい》みたいなところに座《すわ》っていた監視員《かんしいん》さんだ。

「いま、がけから人が落ちたっていってたみたいだけど、どこのがけ？」

「あの……」

ぼくはがけを指さそうとして、あげかけた腕《うで》をとちゅうでとめた。

さっきから、ぼくががけを指さすたびに、女の人がとびおりて、目撃者《もくげきしゃ》がふえていって
いることに気づいたのだ。
「すいません。なんでもありません」
ぼくが首をふってふりかえると、そこには日焼けした男の人ではなく、白いワンピース
を着た女の人が立っていた。
頭が半分くずれた女の人は、ぼくをにらみつけて、
「どうして指さしてくれないの？」
といいながら、手をのばしてきた。
だけど、胸《むね》のお守りに気がつくと、すごくいやそうな顔をして、そのままスーッと姿《すがた》を
消した。
はーっ、と大きく息をはいて、その場に座《すわ》りこむ。
そんなぼくを、まっ黒に日焼けした監視員《かんしいん》さんが、監視台《かんしだい》の上から不思議そうに見おろ
していた。
ぼくは気をとりなおして立ちあがると、がけのほうを見ないように注意しながら、清彦《きよひこ》

さんに声をかけた。

「さっき通りかかった断崖絶壁《だんがいぜっぺき》って、もしかして、自殺の名所だったりしませんか？」

清彦《きよひこ》さんは目を丸くして「よく知ってるね」といった。

「最近はあまりきかなくなったけど、昔はよくあったらしいよ。なんでも、潮《しお》の流れの関係で、あそこからとびおりた死体は、なかなか見つからないんだって」

「それじゃあ、中にはとびおりたことに、今でも気づいてもらえない人も、いるかもしれませんね」

ぼくがそういうと、清彦さんは眉《まゆ》をよせて、「そうだね」といった。

ぼくががけを見つめながら、ぼんやりと立ちつくしていると、

「なあ」

「ねえ」

慎之介《しんのすけ》と園田《そのだ》さんが、両側から話しかけてきた。

「もしかして、なにか見たのか？」

おびえた声の慎之介に、

「なにを見たの？」

うれしそうな園田《そのだ》さん。

慎之介《しんのすけ》は怪談《かいだん》が苦手で、園田さんは怪談好き——というより、ほとんどマニアだった。

そして、ふたりともぼくの体質《たいしつ》のせいで、怪談に何度かまきこまれている。

今回は、怪談に縁《えん》のない、平和な旅行になりますように……。

ぼくは心の中で祈《いの》りながら、胸《むね》のお守りをギュッとにぎりしめた。


宿にもどると、おじさんとおばさんは夕食の準備《じゅんび》を始めていた。

清彦《きよひこ》さんは、当然てつだいにかりだされ、ぼくたちもおてつだいしますと申しでたんだけど、お客さまはゆっくりしていてくださいと、追いだされてしまった。

はなれにもどると、慎之介は塾《じゅく》の課題にとりかかり、園田さんは家からもってきた本（ちなみにタイトルは『進化する学校の怪談《かいだん》』だ）を読み始めた。

なにももってこなかったぼくは、あたりを散歩することにして、民宿にあった麦わら帽《ぼう》子《し》をかりると、お守りをしっかりと首からさげて外にでた。

まだまだ空は明るくて、夕ぐれの気配はなかったけど、陽ざしは少しだけ弱くなっている。

民宿の裏手《うらて》には、ほそい道がのびていて、そのつきあたりにはあざやかな緑の森が広がっていた。

道は森の手前で左右にわかれて、森をかこむようにしてつづいている。

ぼくがどっちの道をえらぼうかと考えていると、森の中から、にゃあ、とネコの鳴き声がきこえてきた。

こんな森の中に、ネコがいるんだ、と思いながら、ぼくは右側の道を歩きだした。木かげになっているせいか、さっきまでの道にくらべてずいぶんとすずしかった。

しばらく歩いたところで、道のむこう側から、ひとりの男の子がきょろきょろと左右を見まわしながら歩いてくるのが見えた。

たぶん、二年生か三年生くらいだろう。ぼくと同じような麦わら帽子《ぼうし》をかぶって、白いT《ティー》シャツにジーンズをはいている。

男の子はぼくに気がつくと、いまにも泣きだしそうな顔で、「あの……」と声をかけてきた。

「このへんで、ネコを見ませんでしたか？」

「ネコ？」

ぼくは反射的《はんしゃてき》に、いまきた道をふりかえった。

「ネコならさっき、あっちのほうで声がきこえたけど……」

「ほんとですか？」

男の子の表情《ひょうじょう》が、パッと明るくなる。

「あの……そこまでつれていってもらえませんか？」

「うん、いいよ」

ぼくはくるりと方向転換《ほうこうてんかん》して、また歩きだした。

男の子はこの近所の子で、飼《か》っていたネコがにげだしたので、あたりをさがしていたのだそうだ。

「たしか、このへんだったかな……」

ぼくはT字路《ティーじろ》の中心に立って、森の中を指さした。

よく見ると、正面にも、背《せ》の高い草にかくれるようにして、ほそい道が奥《おく》へとつづいている。

森の中は、まるで明るい陽ざしを飲みこんだように暗く、そこだけ別世界のようだった。

男の子が、顔をこわばらせて、わずかにあとずさる。

それを見て、ぼくはいった。

「いっしょに見にいってあげようか？」

「いいんですか？」

また笑顔になった男の子と、身をよせあうようにして、ぼくは森の中へと入っていった。

森の中はうす暗く、ひんやりとしていて、まるで天然のクーラーがついているみたいだ。

森に入ってしばらく歩いたところで、

「おにいさん……」

男の子が、ぼくの手首をつかんで足を止めた。

視線《しせん》の先には十メートル四方くらいの、木も背《せ》の高い草も生《は》えていない、原っぱのような場所があって、そのまん中に、古ぼけた祠《ほこら》が建っていた。

こんなところに、なにをまつってあるんだろうと思っていると、祠のあるあたりから、
にゃあ、という声がきこえてきた。

ぼくは男の子と顔を見あわせて、一歩足をすすめた。

祠は高さが一メートルぐらいで、台座《だいざ》の上に、格子状《こうしじょう》になった両開きの扉《とびら》がついている。

そして、その扉の中央には、ふつりあいなほど大きな南京錠《なんきんじょう》がかかっていた。

格子の奥《おく》は、暗くてよく見えなかったけど、どうやら小さな像《ぞう》がいくつも置かれているみたいだ。

T《ティー》シャツごしに、胸《むな》もとのお守りをにぎりしめながら、さらに身をのりだして、格子の奥をのぞきこもうとしたとき、

「浩介《こうすけ》くん」

とつぜん名前をよばれて、ぼくはふりかえった。

すると、清彦《きよひこ》さんが、少しはなれたところに立って不思議そうな顔でこちらを見ていた。

「そんなところで、なにしてるんだい？」

「あ、清彦《きよひこ》さん。この子のネコが……あれ？」

ぼくはあたりを見まわして、あぜんとした。

さっきまでそばにいたはずの男の子の姿《すがた》が、どこにも見えなくなっていたのだ。

ぼくがきょとんとしていると、

「そこから先はあぶないから、入らないほうがいいよ」

清彦さんはそういって、ゆっくりとした足どりで近づいてきた。そして、ぼくのそばにしゃがみこんで、白いギザギザした紙のついた縄《なわ》をひろいあげると、

「これはしめ縄といってね、結界を意味するものなんだ。だから、むやみにこれをこえて、足をふみ入れたりすると、よくないことがおこるといわれているんだよ」

そういいながら、とおせんぼをするように、縄を左右の木の幹《みき》にくくりつけた。

もう少しで足をふみ入れるところだったぼくは、ゾッとしながらきいた。

「あの祠《ほこら》は、なにをまつってあるんですか？」

「はっきりしたことはわからないんだけどね……」

清彦さんはわずかに目をほそめていった。

「一説には、七人ミサキをまつってるといわれているんだ」

「七人ミサキ?」

はじめてきく言葉に、ぼくがききかえすと、清彦《きよひこ》さんはていねいに解説《かいせつ》をしてくれた。

七人ミサキというのは、成仏《じょうぶつ》できずにこの世をさまよっている、七人組の亡霊《ぼうれい》のことらしい。

多くの場合、行者姿《ぎょうじゃすがた》といって、白い着物に鈴《すず》のついた杖《つえ》をもち、頭には笠《かさ》をかぶっている。そして、霧《きり》の濃《こ》い日や雨の日になると、チリンチリンと鈴を鳴らしながら、どこからともなく現《あらわ》れるのだそうだ。

「七人ミサキにみいられた者は、高熱をだして死んでしまうといわれている。そして、七人ミサキの一番先頭の者が成仏し、とり殺された者は七人ミサキの最後尾に並《なら》んで、成仏できるその日まで、この世をさまようんだ」

ただとり殺されるだけではなく、成仏できずにさまよって、だれかをとり殺す怨霊《おんりょう》になるというのだから、ふつうの幽霊《ゆうれい》よりもたちが悪い。

だから、むやみに現れたりしないよう、ここにまつってあるのだと清彦さんはいった。

「それにしても、よくこんなところにある祠《ほこら》に気づいたね」

清彦《きよひこ》さんが腰《こし》に手をあてて、感心したようなあきれたような口調でいった。

「それが……」

ぼくが、このあたりからネコの鳴き声がきこえたので、ネコをさがしていた男の子を案内してきたのだ、というと、

「ネコって、もしかして、あれのことかい？」

清彦さんは、祠の下を指さした。

目をこらしたぼくは、思わず「え？」と声をあげた。

そこには、小さな木彫《きぼ》りのネコが、ちょこんと座《すわ》って、こちらにおいでおいでをするように片手《かたて》をあげていたのだ。

「浩介《こうすけ》くんって、もしかして、人には見えないものが見えたりするタイプ？」

ぼうぜんとするぼくに、清彦さんが半分冗談《じょうだん》、半分真剣《しんけん》な口調できいてきた。

そして、ぼくが返事にこまっていると、

「もしかしたら、その男の子は、七人ミサキにとり殺された男の子だったのかもしれない

ね」

森の外にむかって歩きだしながら、こんな話を始めた。

『七人ミサキ』

海辺の小さな町では、霧《きり》の深い日に外出してはいけない、という言い伝えがあった。

霧の日に外にでると、七人ミサキにであってしまう、というのだ。

ところが、ある夏の日。

男の子が霧の中、迷子《まいご》になったネコをさがしに家の外にでてしまった。

しばらくして、そのことに気づいた母親が、わが子をさがしに家をとびだしたけれど、男の子は結局見つからなかった。

がけの上に、男の子の帽子《ぼうし》が落ちていたことから、霧で道にまよった男の子が、がけから足をすべらせたのだろうということになった。しかし、いくら捜索《そうさく》しても死体が見つからなかったことから、七人ミサキにつれていかれたにちがいない、と町の人々はうわさした。

それから何年もの月日が流れたある日のこと。

深い霧の中、ひとりの女の子が家をとびだした。

心臓《しんぞう》に持病のある母親が発作を起こし、電話番号を知らなかったその子は、近所に住んでいるかかりつけの医者を、直接《ちょくせつ》よびにむかったのだ。

ところが、そのとちゅうで女の子は、七人ミサキに遭遇《そうぐう》してしまった。

霧のむこうにおぼろげにうかぶ七つのかげに、見なければだいじょうぶと、女の子は目をそらして走りつづけた。

そして、ようやく通りすぎたと思った瞬間《しゅんかん》、

「もうだいじょうぶだよ」

ききなれた医者の声がして、彼女《かのじょ》は顔をあげた。

そして、声にならない悲鳴をあげた。

目の前に立っていたのは、自分よりも少し年上の、行者姿《ぎょうじゃすがた》の男の子だったのだ。

こおりつく女の子に、行者姿《ぎょうじゃすがた》の男の子は、ゆっくりと手をのばして――その手をとちゅうで止めた。

そして、女の子の顔をじっと見つめると、早くいけというように、うしろに手をふった。

その動作に金しばりがとけた女の子は、今度こそわき目もふらず、まっすぐに医者のもとへと走った。

おかげで、女の子の母親は、一命をとりとめた。


「――あとでわかったことなんだけど、その女の子は、以前行方不明《ゆくえふめい》になった男の子の、年のはなれた妹だったそうだ」

清彦《きよひこ》さんは、しんみりとした口調で話をしめくくった。

「その男の子は、どうなったんですか？」

ぼくはきいた。

「うわさでは、七人ミサキの一番うしろに並《なら》び直して、自分の順番がくるのを待っているそうだよ」

ぼくは祠《ほこら》のほうをチラリとふりかえった。

さっきの男の子は、たまたま通りかかった近所の子だったのだろうか。

それとも――

「それにしても、くわしいですね」

さすがは園田《そのだ》さんのいとこだな、と思いながら、ぼくはいった。

話をしているうちに、ぼくたちは森をぬけ、宿への道を並んで歩いていた。

「やっぱり、怪談《かいだん》とか好きなんですか？」

「いちおう、大学では民俗学《みんぞくがく》を専攻《せんこう》してるからね」

清彦《きよひこ》さんは、ちょっとてれたように笑った。

「民俗学？」

「うん。各地につたわる風習や言い伝えなんかを集めたり、研究したりする学問なんだ」

なんだか、どこかできいたような話だ。

ぼくのまわりにこんな人ばかりが集まるのも、体質《たいしつ》のせいなんだろうか……。

だまりこんだぼくを見て、清彦《きよひこ》さんは、

「怪談《かいだん》っていうのは、意外と役にたってるんだよ」

やさしい口調で語りだした。

「そうなんですか？」

「うん。科学がいまほど発達していなかった時代、人々はなにか不思議なことやおそろしいことが起こると、ただ不思議がったり怖《こわ》がったりするだけではなく、妖怪《ようかい》や怪談を通して、それを理解《りかい》しようとしたんだ。

だから、ある意味怪談というのは、世界を理解するための昔の人の知恵《ちえ》なんだよ」

「はあ……」

清彦さんの熱弁《ねつべん》に、ぼくは気《け》おされたようにうなずいた。たしかに、どんな怖いできごとでも、

「これは天狗《てんぐ》のしわざだ」

とか、

「河童《かっぱ》が足をひっぱったんだ」

と思えば、正体不明よりは怖《こわ》くないし、ほかの人と怖さを共有することもできる。

なんだか、怪談《かいだん》のプラス面をきいたような気がして、ぼくはちょっとうれしかった。

「そういえば、清彦《きよひこ》さんはこんなところで、なにをやってたんですか？」

ぼくの問いに、清彦さんは頭をかいた。

「家のてつだいをこっそりぬけだして、てきとうにぶらついてたら、浩介《こうすけ》くんが森の中に入っていくのが見えて……」

清彦さんがそこまで答えたとき、

「あー、キヨくん。こんなところにいたー」

道のむこうから、園田《そのだ》さんがかけよってきた。

「おじさんたち、怒《おこ》ってたよ。どこで油売ってるんだって」

「あ、やばい」

清彦さんが本当にやばそうな顔をして、全速力で走りだす。

ぼくと園田さんは、そのうしろ姿《すがた》を見送って、思わずふきだした。

「園田《そのだ》さんの怪談《かいだん》好きって、もしかして、清彦《きよひこ》さんの影響《えいきょう》？」

並《なら》んで歩きだしながら、ぼくがたずねると、

「うーん、そうかも」

園田さんは小さく肩《かた》をすくめて、クスクスと笑った。

「キヨくんって、わたしが幼稚園《ようちえん》のころから、怖《こわ》い話を読みきかせてたんだって。いまから考えると、ひどい話よね」

「園田さんも、将来《しょうらい》は清彦さんみたいに民俗学《みんぞくがく》の研究をするの？」

少なくとも、怪談の収集家《しゅうしゅうか》よりはいいんじゃないかな、と思いながらぼくがいうと、園田さんはぱちぱちとまばたきをした。それから、にっこり笑うと、

「それもいいかもね」

といって、とつぜん走りだした。

頭の上には、水彩《すいさい》の絵の具をのばしたような、うすい水色の空が広がっている。

ぼくは地面を強くけると、園田さんの背中《せなか》を追いかけて走りだした。

夕飯のテーブルには、海の幸《さち》と山の幸をたっぷりとつかった、ごうかなメニューが並んだ。

ぼくたちは、ほかのお客さんとはべつに、はなれで食べたんだけど、メニューは宿泊《しゅくはく》のお客さんと、ほぼ同じものだったらしい。

「すっごくおいしいです」

料理をはこんできてくれるおばさんに、慎之介《しんのすけ》が話しかけると、

「ここは海も山も近いから、新鮮《しんせん》な食材《しょくざい》が手に入るのよ」

おばさんはニコニコ笑いながらいった。

おなかいっぱいになって、すっかり満足したぼくと慎之介は、畳《たたみ》の上に大の字になってねっころがった。

町がしずかになったせいか、波の音が昼間よりも、よくきこえる気がする。

気持ちのいいその音にゆられながら、ぼくがうとうとしていると、

「ほら、そろそろいかないと」

園田《そのだ》さんが、とつぜんぼくと慎之介の手をつかんで、ひっぱった。

「え？」

ぼくがからだを起こしながらとまどっていると、

「あ、あいたたたた……」

慎之介《しんのすけ》が顔をしかめて、おなかをおさえた。

「どうしたの？」

園田《そのだ》さんが心配そうに、慎之介の顔をのぞきこむ。

「いや、急におなかがいたくなって……」

「え！　ほんと？　だいじょうぶ？」

園田さんの顔が、サッと青ざめる。

「まさか、食あたりとか……」

そうなると、同じメニューを食べたほかのお客さんもあぶない。

「あ、いや、ちがうちがう」

慎之介は手と首を同時にふった。

「ちょっと食べすぎただけだから……」

その言葉に、園田さんは「なーんだ」と胸《むね》をなでおろした。

「しばらく横になってたら治ると思うから、おれのことは気にしないで、ふたりでいってきてよ」

「しょうがないなあ」

園田《そのだ》さんは時計を見て、小さくためいきをついた。

「それじゃあ、時間もないし、わたしたちだけでいっちゃおうか。ほら、浩介《こうすけ》くん。準備《じゅんび》して」

ぼくはなにがなんだかわからないまま、T《ティー》シャツの上から長袖《ながそで》のシャツをはおって、宿をつれだされた。

宿の前では、清彦《きよひこ》さんが車の運転席にのって、スタンバイしている。

もうすっかり夜のはずなのに、夏だからなのか、それとも白くかがやく満月のせいか、空はほんのりと明るかった。

ぼくが後部座席《こうぶざせき》にのりこむと、

「それじゃあ、しゅっぱーつ」

助手席で、園田さんが元気よくこぶしをつきあげた。

清彦《きよひこ》さんがアクセルをふみこんで、車はうす暗い道をゆっくりと走りだす。

「あの……どこにいくの？」

ぼくがうしろからおそるおそるたずねると、

「あれ？　慎《しん》くんからきいてない？」

園田《そのだ》さんは、首だけでふりかえっていった。

「お寺よ。青願寺《せいがんじ》っていって、すごく歴史《れきし》のあるお寺なの」

「お寺にいって、なにをするの？」

ぼくは、いやな予感がわきあがってくるのを感じながらきいた。

あんのじょう、園田さんはにっこり笑って答えた。

「夏の夜、お寺といえば、百物語にきまってるじゃない」

「きまってない、きまってない」

ぼくはぶんぶんと首をふりながら、慎之介《しんのすけ》をうらんだ。

百物語というのは、怪談《かいだん》好きが集まって一晩《ばん》で百話の怪談を語り合うという、とんでもない集まりのことだ。

このことを事前に知っていた慎之介《しんのすけ》は、わざとぼくにだまっておいて、自分は仮病《けびょう》でにげたのだろう。

どうしようかと考えるひまもなく、車は無情《むじょう》にもすいている道を快調《かいちょう》にすすんで、あっという間に山道に入った。

うっそうとした山の中をしばらく走っていると、とつぜん視界《しかい》が開けた。

建てられてから何百年もたっていそうな大きな山門に、〈青願寺《せいがんじ》〉の看板《かんばん》がかかっている。

車をおりると、宿をでてから十分もたっていないのに、あたりはすっかり夜の気配が濃《こ》くなっていた。

名前のわからない虫の鳴き声が、何重にもまざりあっていて、けっこうにぎやかだ。

門の中に目をやると、いくつかの人かげが、奥《おく》にむかって歩いていくのが見える。

あの人たちも参加者なのかな、と思っていると、

「じゃあ、ぼくはここで」

清彦《きよひこ》さんが手をふって、車のドアに手をかけた。

「え？　清彦《きよひこ》さんはこないんですか？」

「うん。残念《ざんねん》だけど、早く帰って、家をてつだわないといけないんだ。だから、ぼくの分までしっかりきいてきて」

清彦さんは笑顔で車にのりこむと、

「それじゃあ、がんばってね」

百物語にはにあわない言葉をのこして、森の中へと走り去っていった。

肩《かた》を落として、小さくなっていくテールランプを見送っていると、

「ほら、いこう」

園田《そのだ》さんが、ぽん、とぼくの背中《せなか》をたたいて歩きだした。

「でも、ぼくといっしょだとあぶないよ」

ぼくは門の直前で足をとめて、最後の抵抗《ていこう》をこころみた。

「園田さんも、怪談《かいだん》を引きよせるぼくの体質《たいしつ》は知ってるだろ？　そんなぼくといっしょに、百物語なんかに参加したら……」

ぼくのせりふは、半分は言い訳だったけど、半分は本気だった。

この間も、ぼくのせいで園田《そのだ》さんと慎之介《しんのすけ》を怪談《かいだん》にまきこんでしまい、危険《きけん》な目にあわせたばかりだったのだ。

だけど、園田さんはにっこり笑って、

「だいじょうぶ。前に山岸《やまぎし》さんにきいたけど、浩介《こうすけ》くんが怪談をひきよせるのって、あの町のせいなんでしょ？　それに……」

スッと腕《うで》をあげると、ぼくの胸《むな》もとを指さした。

「山岸さんからもらったお守りもあるしね」

ぼくはためいきをついた。どっちみち、清彦《きよひこ》さんがむかえにくるまでは帰れないし、園田さんをひとりで参加させるわけにもいかない。

ぼくは、首からかけたお守りをシャツの上からにぎりしめると、園田さんのあとにつづいて山門をくぐった。

境内《けいだい》に入ると、窓《まど》をパタンとしめたみたいに、虫の声が遠くなり、闇《やみ》が濃《こ》くなったような気がした。

お寺の建物も、前を歩く人たちの姿《すがた》も、すべてのりんかくがあいまいで、いまにも暗がりにとけこんでしまいそうだ。

白いじゃりをふみしめながら、まるで水墨画《すいぼくが》のようなその風景の中を歩いていると、遠くのほうからかすかに、ザザー、ザザーと波の音がきこえてきた。

「このお寺って、きたことあるの？」

なんとなく声をひそめて、ぼくがきくと、園田《そのだ》さんは首をふった。

「ううん、初めて。ここで百物語をやるらしいよって、キヨくんにおしえてもらったの」

なるほど──ぼくは納得《なっとく》した。情報《じょうほう》の出所は、清彦《きよひこ》さんだったのか。

「清彦さんって、ぼくのこととか山岸《やまぎし》さんのこと、どれくらい知ってるの？」

「えーっと……浩介《こうすけ》くんが五年ぶりにもどってきたことと、新しくひっこしてきた家のとなりに、作家さんが住んでるってことぐらいかな。それ以上、どう説明していいかわからないし」

そんな話をしているうちに、ぼくたちは境内《けいだい》の一番奥《おく》にある本堂《ほんどう》にたどりついた。

本堂の横手からは、屋根と柱《はしら》だけのわたりろう下がのびていて、その先に百物語の会場であるはなれがあるらしい。

そのろう下の手前に、若《わか》いお坊《ぼう》さんが立っていた。

園田《そのだ》さんが名前をつげると、

「おまちしておりました。どうぞこちらへ」

お坊さんはぞうりをぬいで、音もなくろう下を歩きだした。

ぼくたちもくつをぬいで、お坊さんのあとを追う。

足の裏に、木のひんやりとした感触《かんしょく》が気持ちいい。

お坊さんはすべるような足どりで、はなれの建物に入っていくと、引き戸の前で足をとめた。

「こちらです」

そういって、ガラガラガラと戸を開く。

そこは、家具もなにもない、殺風景な和室だった。

部屋のまん中で、和紙をはった四角い行灯《あんどん》が、ゆらゆらと炎《ほのお》をゆらしている。

その行灯をかこむようにして、ざぶとんがずらりと並《なら》べられ、そのほとんどがうまっていた。

ぼくと園田《そのだ》さんが、あいていたざぶとんに並んで腰《こし》をおろすと、

「それでは、もうしばらくおまちくださ い」

お坊《ぼう》さんが、だれにともなく声をかけて、音もなく部屋をでていった。

ぼくは部屋の中をぐるりと見まわした。

二十畳《じょう》ほどの部屋は、三面が壁《かべ》になっ

ていて、そのうち一面に、いま入ってきたばかりの引き戸がついている。

そして、のこりの一面――ぼくたちのうしろは、障子《しょうじ》になっていた。

行灯《あんどん》をかこんでいるのは、ぼくたちを入れて、全部で十人弱だろうか。

年配の男性《だんせい》もいれば、若《わか》い女の人もいる。年齢《ねんれい》も性別《せいべつ》もばらばらな人たちが、ざぶとんの上にしずかに座《すわ》って、ただ行灯の明かりをじっと見つめていた。

「これって、百物語なんだよね？」

ぼくは園田《そのだ》さんにささやきかけた。

「だったら、ぼくもなにか、怖《こわ》い話をしなくちゃいけないのかな？」

「うーん……どうだろ」

園田さんは首をひねった。

「どうしても思いつかなかったら、話さなくてもいいんじゃないかな。でも、浩介《こうすけ》くんなら、怪談《かいだん》をひとつも知らないっていうことはないでしょ？」

「まあ、それはそうだけど……」

場合によっては、怪談を語ることで、なにかをよびよせてしまうこともある――ぼくはこの一か月、それをいやというほど思い知らされていた。

いざとなったら、おなかがいたいふりでもしてにげてしまおう――ぼくがそう決心したとき、ガラガラガラと戸があいて、さっきのお坊《ぼう》さんが姿《すがた》を現《あらわ》した。

そのお坊さんにつづいて入ってきた人物に、ぼくはもう少しでさけび声をあげるところだった。

「おや、奇遇《きぐう》だね」

いつもと同じ着流し姿で、おどろいた様子もなくほほえんでいるのは、ぼくの隣人《りんじん》にしてやといぬし、怪談収集家《かいだんしゅうしゅうか》の山岸《やまぎし》さんだったのだ。

「ど、ど、ど、どうしてここに……」

ぼくが、半分腰《こし》をぬかしながら指をつきつけると、

「偶然《ぐうぜん》だよ」

山岸さんはあっさり答えて、ぼくのとなりに腰をおろした。

「ちょうど、仕事で近くまできてたんだけどね。青願寺《せいがんじ》で百物語をするっていううわさをきいて、急遽《きゅうきょ》、参加をお願いしたんだ」

「このお寺の百物語って、有名なんですか？」

おびえるぼくとは対照的《たいしょうてき》に、園田《そのだ》さんがうれしそうに山岸《やまぎし》さんに話しかける。

「うん。青願寺《せいがんじ》の百物語といえば、二百年以上の歴史《れきし》があってね……」

ふたりのやりとりをききながら、ぼくはそっと腰《こし》をうかせた。

山岸さんが興味《きょうみ》をもつということは、本物の怪談《かいだん》が語られる可能性《かのうせい》が高いということだ。

そして、経験上、それはそのままぼくの身の危険《きけん》を意味する。

「ぼく、やっぱり失礼しま……」

立ちあがろうとするぼくの肩《かた》を、山岸さんがガシッとつかんだ。

「まあまあ。せっかくきたんだから、いっしょに楽しもうじゃないか」

「そうだよ」

反対側から、園田さんも加勢《かせい》する。

「キヨくんも、あと二時間くらいしないとむかえにこないし」

たしかに、あの山の中をひとりで歩いて帰る気にはなれない。

ぼくはがっくりと肩《かた》を落として、山岸さんをじろりと見あげた。

「山岸《やまぎし》さん、ぼくがここにくること、知ってたでしょ」

「ぼくが？　まさか。知ってるわけないじゃないか」

山岸さんは棒読《ぼうよ》みで答えた。

「そもそも、かりにこの近くまできてるのを知ってたとしても、百物語に参加することまで、予測《よそく》できるわけがないだろう？」

わざとらしさをかくす気もない山岸さんの口調に、ぼくがいいかえす気力を失っていると、

「いつものネコちゃんは、今日はいっしょじゃないんですか？」

と、園田《そのだ》さんがきいた。

たしかに、いつもそばにいる黒ネコの姿《すがた》が、今日は見あたらない。

「彼女《かのじょ》は海が苦手でね。今回は、留守番《るすばん》をしてもらってるんだ」

山岸さんが答えたとき、

「みなさん、お待たせしました」

戸がガラッとあいて、年配のお坊《ぼう》さんが入ってきた。

うしろから、さっきの若《わか》いお坊《ぼう》さんもついてくる。

年配のお坊さんは、部屋の中をぐるりと見わたすと、

「ようこそ、おこしくださいました。わたしは当寺の住職《じゅうしょく》、蒼臨《せいりん》と申します」

部屋中にひびきわたるような声であいさつをして、深々と頭をさげた。

つられて、ぼくたちもおじぎをかえす。

「それでは、ただいまより百物語をはじめたいと思います。まずは失礼して、みなさまの前に、ろうそくを並《なら》べさせていただきます」

住職さんの言葉に、若いお坊さんが輪の中に足をふみいれると、行灯《あんどん》をかこむようにして、銀色の小さなお皿を並べていった。

よく見ると、お皿のまん中には太い針《はり》のようなものがついていて、お坊さんはその針にろうそくを立てては、ライターで火をつけていく。

その様子を見つめながら、住職さんが語りだした。

「本来、百物語というものは、百本のろうそくを立て、怪談《かいだん》をひとつ語るたびに一本ずつふき消していくのが作法とされています。しかし、一晩《ばん》に百の怪談を語るというのはなか

なか大変ですので、今回は略式《りゃくしき》ということで、参加されている方の人数に、少したした本数のろうそくを用意しております。

もちろん、いくつ話されるかはご自由ですが、できればみなさま、おひとりにつきおひとつずつは、怪談《かいだん》を語っていただければと思います」

園田《そのだ》さんは目をきらきらさせながら、住職《じゅうしょく》さんの話をきいている。

そっととなりの様子をぬすみ見ると、山岸《やまぎし》さんは真剣《しんけん》な表情《ひょうじょう》で住職さんを見つめていた。

山岸さんは、怪談を集めている。それも、ただの怪談じゃない。

本物の怪談を集めて、『百物語』という本を完成させること――それが、山岸さんの目的なのだ。

その山岸さんが目をつけたということは……。

「それでは、まずわたしから、お話いたしましょう」

住職さんはその場に腰《こし》をおろして、コホンとひとつせきばらいをすると、よく通る声で話しだした。

「当寺でおこなわれる百物語には、二百年以上の歴史《れきし》があります。最近では、数にこだわらずに語ってもらうこともふえてまいりましたが、昔は明け方までかかって、九十九や百の怪談《かいだん》を語ることも多かったそうです。

これは、そんな百物語の会でおこったお話です――」

『百物語』

いまから百年ほど前のことです。

前の戦争が終わって、つぎの戦争がはじまるまでの、つかのまの平和な時代。日本各地から、百物語の愛好家が集まって、本格的《ほんかくてき》な百物語の会が開かれたことがありました。

参加者は、当時の寺の住職《じゅうしょく》をふくめて、およそ二十名。場所はこの広間です。時刻《じこく》はちょうど日ぐれどき。今日と同じように、行灯《あんどん》をかこみ、ろうそくを百本並《なら》べて、百物語がはじまりました。

そのときも、口火をきったのは、やはり住職だったそうです。

住職《じゅうしょく》は、その数日前に目撃《もくげき》した、墓地《ぼち》をただよう人魂《ひとだま》の話をしました。

そして、ろうそくを、フッ、とふき消すと、

「つぎはどなたですか？」

といって、広間を見わたしました。

「では、わたしが……」

手をあげたのは、近くに住む小学校の先生で、彼《かれ》はこの地方につたわる七人ミサキという怨霊《おんりょう》の話をしました。

三人目は遠方からきた学生で、実家につたわる、子どもが見ると家に福をもたらすが、おとなが見ると災《わざわ》いをまねくという座敷童子《ざしきわらし》の話。

そのつぎは、怖《こわ》い話が三度の飯より好きという町医者が、医大に通っていたときに目撃した、病室のすみにひっそりとたたずむ死神の話をしました。

話がひとつ終わるたびに、ろうそくが一本ずつふき消され、気がつくと、まだ火がついているろうそくは二十本ほどになっていました。

当時、じっさいに参加していた方の話によると、そのあたりから、だんだん部屋の空気

が重くなり、息苦しさを感じるようになってきたということです。

それはまるで、部屋の中に、見えない何かがみっしりとつめこまれているような、そんな気配だったそうです。

八十五話……九十話……九十五話……

その気配は、会が進むにつれて、どんどん強くなっていきます。

そして、ついに九十九話目が終わったとき、息苦しさにたえきれなくなった参加者のひとりが立ちあがって、障子《しょうじ》をいきおいよく開け放ちました。

すると――

月明かりにてらされた中庭は、えたいのしれない黒いかげたちにうめつくされ、けもののようなにおいと低いうなり声に満ちていたのです。

悲鳴をあげてにげまどう参加者の中、それまでずっと話をきくだけだったひとりの山伏《やまぶし》が、はたと立ちあがると、落ちついて座《すわ》っている住職《じゅうしょく》に、たもとからとりだした塩をなげつけました。

不意をつかれた住職は、まともにその塩をあびると、はげしい悲鳴をあげながら、中庭へととびだしていきました。

中庭の黒いかげたちも、風にふかれた煙《けむり》のように、ちりぢりになって消えていきます。

あとから調べると、中庭のすみで、法衣《ほうえ》に身をつつんだ大きなたぬきが、口からあわをふいて息たえていたということです。

シン……と、一瞬《いっしゅん》耳がいたくなるほどのしずけさがおとずれ、すぐにザザーと波の音がきこえてきた。
「もちろん、わたしはたぬきではありませんので、ご心配なく――」
住職《じゅうしょく》さんが笑って、
フゥッ……

ろうそくの火をふき消した。

ぼくは上半身をねじって、うしろをふりかえった。

広間に入ったときからしめてあったので、障子《しょうじ》のむこうがどうなっているのかはわからない。

かすかに明るいところを見ると、たぶん庭かなにかに面しているとは思うんだけど……。

「それでは、つぎはどなたが話されますか？」

住職《じゅうしょく》さんの言葉に、ぼくたちは顔を見あわせた。

「障子で思いだしたんですが……」

小さく手をあげたのは、ちょうどむかいに座《すわ》っていた、年配の男の人だった。

「最近は障子といっても、ふつうの紙よりやぶれにくい特殊《とくしゅ》な紙をつかっていたり、プラスチックだったりして、昔のようにはりかえる必要のないものが多いみたいですけど、わたしが子どものころは、大そうじといえば障子のはりかえでした。

これは、わたしがまだ小学校にあがる前の話です——」

『障子《しょうじ》』

わたしは子どものころ、父方の祖父母《そふぼ》と同居《どうきょ》していました。いわゆる、本家ってやつですね。

だから、年末になると、いとこが泊《と》まりにきたりして、ずいぶんにぎやかになったものです。

そんな年末の大そうじで、毎年楽しみにしていたのが、障子のはりかえでした。

もちろん、幼《おさな》い子どもに障子紙のはりかえなんか、まかせてもらえるわけがありません。

わたしたちが楽しみにしていたのは、障子紙をやぶるという作業でした。

いつもはやぶったら、頭にげんこつを落とされるくらいしかられる障子を、そのときだけは、好きなようにやぶっていいのです。

わたしは毎年、いとこたちといっしょになって、先を争ってやぶったものでした。

ある年のことです。

障子《しょうじ》やぶりもひと段落《だんらく》して、家の中をうろうろしていると、いつもは閉《と》じられたままの小部屋のふすまが、わずかにあいているのに気づきました。

その部屋は、建物の一番奥《おく》に位置していて、裏庭《うらにわ》に面しているのですが、けしてあけてはならないといわれていて、一度も中を見たことがなかったのです。

わたしはふすまに手をかけると、そーっと開いて、中をのぞきこみました。

そこは六畳《じょう》ほどの、その家の中では小さな部屋で、大きなタンスがひとつ置いてあるきりでした。

どうしてこんな何もない部屋を、いつもしめきっているのだろうと、不思議に思いながら足をふみ入れたわたしは、部屋の奥にあるまっ白な障子に目をうばわれました。

今朝《けさ》、おばあさんは「今日は家中の障子を全部やぶってもいいからね」と宣言《せんげん》していたのです。

ということはつまり、この障子もやぶっていいということなのでしょう――勝手にそう解釈《かいしゃく》したわたしは、ほかのいとこたちに気づかれないよう、そっと足をしのばせて障子に近づくと、ちょうど目の高さにあるます目に、人さし指でポスリと穴《あな》をあけました。

全部を一気にやぶってしまうともったいないので、少しずつ穴《あな》をあけていこうと思ったのです。

すると、ボシュッと音がして、わたしのあけた穴のとなりに、むこう側から穴があきました。

わたしはびっくりしましたが、これはきっと、いとこのだれかが障子《しょうじ》のむこうから穴をあけたのだと思い、すぐに反対側のとなりに、もうひとつ穴をあけました。

まるで返事をするみたいに、そのひとつ上のます目に、むこう側から穴があきます。

わたしはつぎつぎと穴をあけていきました。

負けじとむこう側からも、穴があいていくのですが、わたしはだんだんおかしなことに気がつきました。

わたしは——あたり前ですが——自分の身長の範囲《はんい》で穴をあけているのに、むこう側からは障子の一番てっぺんにも穴があいているのです。

一番上のいとこでも、そんなところまでは手がとどきません。

それでも、それだけなら、いすかなにかにのっているのかなと考えることもできたのですが、あることに気づいて、わたしはぞっとしました。障子《しょうじ》にはむこう側から外の光があたっていて、人がいるならかげがないとおかしいのですが、障子にはかげがまったくうつってなかったのです。

わたしが金しばりにあったようにかたまっていると、無数にあいた障子の穴《あな》から、血走った目がいっせいにのぞいて、ぎょろりとわたしをにらみました。

「――座《すわ》りこんで泣きじゃくっているわたしを、声をききつけた祖母《そぼ》が見つけてくれたそうです」

男の人はそういって、小さく息をついた。そして、ほんの一瞬《いっしゅん》、ためらうような様子を見せてからつづけた。

「あとで気づいたのですが、その裏庭《うらにわ》のさらにむこう側は、墓地《ぼち》になっていたのです。

ただ、あの部屋がどうしていつも閉《と》ざされていたのか、どうしてあの日にかぎってあいていたのか、そして、あの目の正体はなんだったのか――それは、いまだにわかりません」

そこまで話すと、男の人は、ふうっと息をはいて、ろうそくを消した。

風がふいたのか、背後《はいご》で障子《しょうじ》がカタカタとゆれる。

だけど、ぼくはもう、うしろをふりかえる気にはなれなかった。

遠くのほうから、ザザーッ、ザザーッ、と波の音がきこえてくる。

日常《にちじょう》とはちがう雰囲気《ふんいき》に、ぼくがどきどきしていると、

「――視線《しせん》って怖《こわ》いですよね」

男の人のとなりに座《すわ》っていた女の人が、ぽつりと話しだした。

「これは、わたしが女子高に通ってたときの話なんですけど……」

『大鏡《おおかがみ》』

わたしの通っていた女子高は、百年以上の歴史《れきし》がある、地元では有名なお嬢《じょう》さま学校でした。

それだけ歴史《れきし》のある学校ですから、当然、怖《こわ》い話もいろいろつたわっていて、夜中の音楽室で血だらけの女の人がピアノをひいているとか、演劇部《えんげきぶ》には主演女優《しゅえんじょゆう》がかならずけがをするのろわれたシナリオがあるとか、七不思議じゃ全然たりないぐらいでした。

中でも一番有名だったのが、旧校舎《きゅうこうしゃ》の東階段《かいだん》のおどり場にある、大鏡《おおかがみ》にまつわるうわさです。

旧校舎は、何十年も前に建てられた木造《もくぞう》の校舎で、わたしが通っていたときには、耐震《たいしん》性《せい》の関係もあって、すでにつかわれていませんでした。

その東側にある階段の、二階と三階の間のおどり場に、全身がすっぽり入るくらいの大きな姿見《すがたみ》があったんですけど、新月の夜、真夜中の二時二十二分に姿見の前に立って願いごとをすると、願いがかなうといううわさがあったんです。

ただし、願いごとをするときは立会人が必要で、その願いをかなえるためにはそれに応《おう》じたものをささげないといけないといううきまりがあって……当時、はやっていたのは、自分の寿命《じゅみょう》をさしだす、というものでした。

わたしの友だち――かりに、K子《ケーこ》としておきますね。

K《ケー》子《こ》がある日、わたしに、立会人になってほしいとたのんできたんです。

うわさは有名でも、時間が時間なので、実行した子って、じつはほとんどいませんでした。

だから、わたしもおもしろそうだなって思っちゃって……協力することにしたんです。

新月の夜、わたしたちは学校にしのびこみました。

旧校舎《きゅうこうしゃ》には、いちおう鍵《かぎ》はかかっているんですが、古い建物なので、入りこめる場所はあるんです。

ギーギーと鳴る階段《かいだん》をのぼって、大鏡《おおかがみ》の前に立つと、K子は時計を確認《かくにん》しました。

二時二十二分の一分前です。

わたしは懐中電灯《かいちゅうでんとう》を手にして、K子のうしろに立ちました。

そして、二時二十二分。K子は両手を組みあわせると、目を閉《と》じて、願いごとを三回、口にしました。

それは、文化祭で知り合った他校の男の子とつきあいたい、というものでした。

その代償《だいしょう》として、K子は自分の寿命《じゅみょう》を一年さしだすとつげました。

その瞬間《しゅんかん》、鏡の中で目を閉《と》じていたK子の顔が、かすかにぐにゃりとゆがんだような気がしました。

わたしは悲鳴をあげそうになりましたが、立会人は、願いをとなえてから三分間は、なにがあっても声をだしてはいけないことになっています。

やがて、三分がたちましたが、なにも起こる気配はありません。

うわさでは、願いをとなえて三分たったら、鏡《かがみ》の中から天使があらわれるはずだったのですが……。

「――なんにも起こらないね」

K子《ケーこ》がくるりとふりかえって、しらけた口調でいいました。

「やっぱり、大鏡《おおかがみ》の伝説なんて、嘘《うそ》だったのかな。それとも、寿命《じゅみょう》が一年じゃ少なかったとか……ねえ、どう思う？」

「う、うん……」

しきりに話しかけてくるK子に対して、わたしはうわのそらでした。

「どうしたの？」

K子が、わたしの顔をのぞきこんできます。

「なんか、顔色悪いよ」

「な、なんでもない」

こわばった笑顔をうかべながら、わたしはK子《ケーこ》の背後《はいご》にある鏡《かがみ》から目がはなせませんでした。

K子はわたしのほうをむいています。つまり、鏡には背中《せなか》をむけているのです。

それなのに、鏡の中のK子も、こちらをむいて、わたしをじっと見つめていたのです。

「ほら、早く帰ろ」

わたしはK子の手をつかむと、うしろをふりかえらずに、階段《かいだん》をかけおりました。

その後、K子の願いはかなわず、その男の子とはつきあえませんでした。

でも、それでよかったと思います。

あの大鏡《おおかがみ》からあらわれるのは、たぶん天使なんかじゃなくて……。

「それ以来、鏡《かがみ》の中でほかの人と目があうのが怖《こわ》いんです。その人がふりかえって、こちらをむいても、鏡の中ではずっと目があったままになるんじゃないかと思って……」

女の人はそういうと、自分の前のろうそくを、ふっとふき消した。

「怖いうわさって、どうしてもたしかめたくなっちゃうものなんですね」

間をおかずに、今度は若《わか》い男の人が話しだした。

「ぼくの友だちで、塾《じゅく》の先生をやってるやつがいて、そいつが生徒からきいた話なんですけど……」

『GPS《ジーピーエス》』

「なあ……ほんとに入るのか？」

門の前まできたところで、おじけづいて足をとめる俊介《しゅんすけ》に、

「おまえ、びびってんのかよ」

和樹《かずき》はばかにしたように笑うと、

「いいから、早く入ろうぜ」

そういって、かけ金のこわれた門をおしあけ、ずかずかと敷地《しきち》の中に入っていった。

夕陽が赤く町をてらしている。

ある日の放課後。

ふたりは学校の近くにある幽霊屋敷《ゆうれいやしき》にやってきていた。

見た目はふつうの家なんだけど、何年か前に殺人事件《さつじんじけん》が起こって以来、ずっとあき家になっているといううわさのある家だった。

なんでも、夜、家の前を通ると、二階の窓《まど》から子どもがじっと見おろしていたり、夜中に家の中から、お経《きょう》をとなえる声がきこえてきたりするらしい。

和樹は、鍵《かぎ》があきっぱなしになっているドアをあけると、

「おじゃましまーす」

大声でよびかけながら、家の中に入った。

もちろん、返事はない。

いちおう玄関《げんかん》でくつをぬいでから、ふたりは家にあがった。

おびえる俊介《しゅんすけ》をひっぱるようにして、ろう下を進む。とちゅうには客間や洗面所《せんめんじょ》があって、つきあたりはキッチンとリビングになっていた。

食器棚《しょっきだな》はからっぽだけど、テーブルやいすはそのままのこっている。

和樹《かずき》は目についた戸棚《とだな》や引きだしを、かたっぱしからあけていった。

だけど、おもしろそうなものはなにも見つからない。

俊介は、リビングの入り口付近に立ったまま、そんな和樹を不安そうに見つめていた。

和樹があきらめて、そろそろ部屋をでようとしたとき、

プルルルルル……


俊介のそばにあった電話が、とつぜん鳴りだした。

「うわぁっ！」

俊介が悲鳴をあげて、その場にしりもちをつく。そして、そのままころがるようにして、

家をとびだしていった。

「お、おい、ちょっと待てよ！」

和樹《かずき》もあわててリビングをでると、足をもつれさせながら、俊介《しゅんすけ》のあとを追った。

俊介は、門をでたあとも走りつづけて、ようやく立ちどまったのは、幽霊屋敷《ゆうれいやしき》からずいぶんはなれた児童公園の前だった。

「急に大声をだすなよ。びっくりするだろ」

文句をいう和樹に、

「でも……」

俊介はいまにも泣きだしそうな顔でいった。

「あの電話、線がつながってなかったんだ」

和樹は一瞬絶句《いっしゅんぜっく》したけど、すぐにひきつった笑いをうかべた。

「まさか。見まちがいだろ」

「そんなことない。それに、だれも住んでない家に、どうして電話がかかってくるんだよ」

「まちがい電話だろ。おれの携帯《けいたい》にも、たまに……」

和樹《かずき》はズボンのうしろポケットに手をやって、「あっ」と声をあげた。

顔から血の気が引いていく。

俊介《しゅんすけ》の、問いかけるような視線《しせん》に、和樹は顔をしかめた。

「……携帯《けいたい》、落としてきたかも」

「ええっ！」

俊介は、おおげさなくらいの大声をあげてのけぞった。

「まさか、さっきの……」

「家の中だと思う」

和樹はくちびるをかんで、自分の行動を思い返した。

家の中に入る前は、たしかにポケットに入っていた。

そういえば、さっきリビングをでるときに、一度足がもつれてころびかけた。たぶん、あのときだ。

「とりにもどらないと……」

和樹はそういって、俊介をじっと見つめた。

俊介《しゅんすけ》は、おびえた様子であとずさりながら、首と手を同時にふった。

「ぼ、ぼくは無理だからね。ほら、もう暗くなってきてるし……」

いやがる俊介をときふせて、なんとか幽霊屋敷《ゆうれいやしき》の前までもどったけど、とちゅうの道に携帯電話《けいたいでんわ》は落ちていなかった。

気がつくと、空はずいぶん暗くなり、夜がすぐ近くまでしのびよってきている。

俊介は、暗くなってから屋敷の中に入るのはぜったいに無理だというし、和樹《かずき》もさすがにひとりで入る気はしない。

しかたなく、和樹は家に帰った。

母さんとふたりで晩《ばん》ご飯《はん》を食べていると、父さんから、いま駅についたのでむかえにきてほしいと電話がかかってきた。和樹の父さんは、いつもは駅まで自転車で通ってるんだけど、今朝《けさ》は雨がふっていたので、母さんに車で送ってもらっていたのだ。

「ちょっと、むかえにいってくるから」

「いってらっしゃい」

母さんを送りだすと、和樹は父さんのノートパソコンをリビングにもちこんで、電源《でんげん》を入れた。

和樹《かずき》の携帯《けいたい》は子ども用の防犯《ぼうはん》携帯なので、電源《でんげん》さえ入っていれば、GPS《ジーピーエス》をつかってネットから現在地《げんざいち》を調べることができるのだ。

子どもが迷子《まいご》になったりしたときのための機能《きのう》らしい。

携帯の説明書に書いてあった暗証番号《あんしょうばんごう》を入力すると、和樹の住んでいる町の地図が表示《ひょうじ》され、そのまん中に黄色い帽子《ぼうし》をかぶった男の子のアイコンが現《あらわ》れた。

男の子のいる場所が、携帯のある場所をあらわしているみたいだ。

地図をズームアップしていくと、携帯があるのはやっぱり、あの幽霊屋敷《ゆうれいやしき》だった。

明日になったらとりにいこう——和樹がそう思って、地図を閉《と》じようとしたとき、

プルルルル……


とつぜん、家の電話が鳴りだして、和樹はとびあがった。

父さんからかな、と思いながら受話器をとると、

「いま、家をでた」

ききおぼえのない、かん高い子どものような声がきこえてきた。

「え？」

和樹《かずき》がききかえすと、

「いまからとどけにいく」

一方的にしゃべって、電話はきれた。

まちがい電話かな？

受話器を置こうとして、和樹は自分の目をうたがった。

電話のディスプレイに表示《ひょうじ》されていたのは、幽霊屋敷《ゆうれいやしき》に落としてきたはずの、子ども用携帯《けいたい》の番号だったのだ。

「まさか……」

あわててパソコンの前にもどって、GPS《ジーピーエス》の画面を確認《かくにん》すると、男の子のアイコンが幽霊屋敷をでて、移動《いどう》をはじめていた。

和樹がぼうぜんと画面を見つめていると、男の子は、さっき俊介《しゅんすけ》に追いついた児童公園の前でとまった。

プルルルル……

またリビングで電話が鳴る。番号は、やっぱり和樹《かずき》の携帯《けいたい》電話だ。

「……はい、もしもし」

「いま、公園の前」

「おまえ、だれだ！」

和樹は受話器にむかってどなった。

「あ、わかった。俊介《しゅんすけ》だな。おれを怖《こわ》がらせようとして……」

「いまからとどけにいく」

プツッ。

また一方的にきれて、プー、プー、プー、と鳴る電話を手に、和樹は混乱《こんらん》していた。

あの家に携帯を落としたことを知っているのは、俊介だけだ。

だけど、俊介《しゅんすけ》がこんな夜おそくに、ひとりであの幽霊屋敷《ゆうれいやしき》に入って、携帯《けいたい》をひろってこられるとは思えない。

たぶん、だれか知り合いにたのんで……。

そんなことを考えている間にも、男の子のアイコンはどんどん家に近づいてきている。

そして、アイコンがとまると同時に、また電話が鳴った。

和樹《かずき》が受話器をとると、

「いま、学校の前」

それだけいって、すぐにきれた。

和樹の通っている小学校は、家から歩いて三分ほどのところにある。

つまり、だれかはわからないけど、和樹の携帯をもった何者かは、あと三分くらいで家にやってくるということだ。

きたら、反対におどかしてやる――そう思いながら、パソコンの画面を見た和樹は、のどの奥《おく》で、ヒッ、と悲鳴をあげた。

さっきまでニコニコしていたはずの男の子の顔が、いつのまにか怒《いか》りの表情《ひょうじょう》になって、和樹《かずき》をじっとにらみつけていたのだ。

パソコンの前で、なかば腰《こし》をぬかしていると、また電話が鳴って、和樹はとびあがった。

だけど、ほうっておいても、なかなか鳴りやみそうにない。

しかたなく、おそるおそる受話器をとると、子どもの声がいった。

「いま、家の前」

和樹は受話器を放りだすと、そのまま自分の部屋ににげこんだ。

ふたたび鳴りだした電話を無視《むし》して、布団《ふとん》を頭からかぶっていると、しばらくして電話の音は鳴りやんだ。

同時に、家の外から車のエンジン音が近づいてくる。

帰ってきたんだ——

ほっと息をついて、布団からでた和樹は、部屋をでようとしたところで足をとめた。

自分以外にだれもいないはずの部屋の中で、だれかの気配を感じる。

こおりついたようにうごけないでいる和樹のすぐうしろで、あのききなれた声がきこえた。

「いま、きみの、うしろ」

「――どうぞ」

「ヒャッ!」

とつぜん、うしろからひんやりとしたものが腕《うで》にふれて、ぼくはとびあがった。

ふりかえると、いつのまに近づいてきたのか、若《わか》いお坊《ぼう》さんが麦茶の入ったグラスをさしだしていた。

「よろしければ」

「あ、ありがとうございます」

ぼくはまだどきどきしている胸《むね》をおさえながら、グラスをうけとった。

見ると、ほかの人たちも同じようにグラスを手にしている。

いったい、いつのまにくばったんだろうと不思議に思いながら、お茶を飲んでひといきついていると、

「あ」

園田《そのだ》さんが、とつぜん声をあげて立ちあがった。

手には、いまの話にでてきたのと同じ、子ども用携帯《けいたい》をもっている。

「キヨくんから着信があったみたい」

園田さんは、ぼくにささやくと、

「すいません。ちょっと電話してきます」

住職《じゅうしょく》さんにことわって、足早に広間をでていった。

「お気をつけて」

住職さんは、園田さんの背中《せなか》にむかって声をかけると、

「さて、つぎはどなたがお話しされますか？」

そういって、ぼくたちをぐるりと見まわした。

「えっと……それじゃあ、ぼくが……」

つぎに手をあげたのは、肩幅《かたはば》の広い、がっしりとした体格《たいかく》の男の人だった。

「ぼく、海の家でバイトをしてるんですけど、これはお客さんからきいた、ここの海水浴《かいすいよく》

場《じょう》にまつわる話です……」

『ジェットスキー』

Ａ《エー》さんはマリンスポーツが趣味《しゅみ》で、とくに最近はジェットスキーにこっていた。

去年の夏の終わりのこと。

海水浴場《かいすいよくじょう》のずっと沖《おき》のほうで、ジェットスキーを楽しんでいると、前方に大きく手をふっている女の人の姿《すがた》が見えた。

こんなところで、どうしたんだろうと思って、Ａさんがゆっくりと近づくと、女の人は笑顔で、

「ここまで泳いできたんですけど、水がつめたくてつかれちゃって……よかったら、のせてもらえませんか？」

といった。ジェットスキーのヒッチハイクなんてはじめてだったので、Ａさんはおどろいたけど、ジェットスキーがふたりのりタイプだったこともあって、女の人をうしろにのせ

ることにした。

しっかりつかまってもらい、岸へとむかう。

だけど、思ったよりもスピードがあがらなかった。

ひとりにくらべると、たしかに重くなったかもしれないけど、このおそさはちょっと異《い》常《じょう》だ。

もしかしたら、エンジンの調子がおかしいのかもしれない——あせったA《エー》さんはアクセルをふかして、パワーをあげようとした。

だけど、ジェットスキーは前に進もうとせず、じょじょにしずんでいく。

さすがにおかしいと思ったAさんが、うしろをふりかえると、ふくれあがって、髪《かみ》の毛《け》のみだれた水死体の顔が目の前にあった。

Aさんは悲鳴をあげて、腰《こし》にまわされた手をふりほどこうとした。

ところが、手はがっしりと組まれていて、いくら力を入れても、びくともしない。

Aさんは必死でアクセルを全開にしたけど、ブブブブ……という音をのこしながら、ジェットスキーはどんどんしずんでいく。

海水が口から入りこんでくる直前、A《エー》さんの耳元で、女の人がささやいた。

「いっしょにしずみましょ」

「――そのAさんって、どうなったんですか?」

話を終えて、ろうそくをふき消そうとする男の人に、となりに座《すわ》っていた女の人がたずねた。

「そのお客さんがいうには、虫の息で海岸にたおれているところを発見されて、なんとか助かったそうです」

男の人が答えると、

「そうですか……」

女の人は一瞬《いっしゅん》顔をふせてから、すぐに顔をあげて話しだした。

「わたしがきいたのは、こんな話なんですけど……」

『ジェットスキー』

B《ビー》さんが、海水浴場《かいすいよくじょう》の沖《おき》で、ジェットスキーを走らせて楽しんでいると、とつぜん目の前に男の人の顔が現《あらわ》れた。

「あぶないっ！」

さけびながら、大きくハンドルを切る。

ジェットスキーはバランスをくずして、Bさんも海になげだされたけど、なんとか衝突《しょうとつ》はさけることができた。

あぶなかった……空気の入ったライフジャケットを着ていたBさんは、立ち泳ぎをしながら、男の人の姿《すがた》をさがした。

すると、さっき顔が見えたあたりが、絵の具をちらしたみたいに、だんだん赤くそまっていくのが見えた。

「え？」

B《ビー》さんはあわててその場所に近づいた。

よけたと思っていたけど、本当はどこかにあたっていて、けがをさせてしまったのだろうか。

Bさんが、赤くそまった中心にたどりつくと、

「なあ」

すぐそばで、声がした。

顔をむけると、頭が半分欠けて、顔が血だらけになった男の人が目の前にいて、

「おれ、死んでるのか？」

そうつぶやくと、スッと消えてしまった。


「――何年か前に、夢中《むちゅう》になって泳いでるうちにブイの外側にでてしまった男の人が、ジェットスキーにはねられて亡《な》くなる事故《じこ》があったらしくて……ジェットスキーでブイの

近くをはしっていると、たまにそのとき亡《な》くなった男の人の幽霊《ゆうれい》がでるんだそうです」

そういって、女の人もろうそくを消した。

どっちの話も怖《こわ》いな、と思っていると、戸がスッとあいて、園田《そのだ》さんがもどってきた。

すべるような足どりでもどってきて、もとの場所に腰《こし》をおろす。

部屋が暗いのでよくわからないけど、なんとなく元気がないみたいだ。

「どうしたの？　だいじょうぶ？」

顔をのぞきこみながら、小声で話しかけると、

「うん。だいじょうぶだよ。どうして？」

園田さんは少しぎこちない微笑《びしょう》をうかべて、きき返してきた。

「いや、なんか元気がないみたいだったから……」

本格的《ほんかくてき》な百物語の最中に、まっ暗なろう下にひとりででていったのだ。

もしかしたら、なにかあったんじゃないだろうか、と思っていると、

ザザーン……

ひときわはげしく、波のくだける音がきこえてきた。

風が強くなってきたみたいだ。

「こんな波の音がきこえると、思いだす話がありまして……」

住職《じゅうしょく》さんが、とうとつに口を開いた。

「これは、当寺に立ちよられた雲水《うんすい》——全国を旅しながら修行《しゅぎょう》している僧侶《そうりょ》からきいた話なんですが……」

『おばりょがけ』

場所はおしえてもらえませんでしたが、ある地方に、おばりょがけ、とよばれるがけがあるそうです。

おばりょ、というのは、その土地の方言で、おんぶのことらしいので、わかりやすくいかえると、おんぶがけとかおぶさりがけとか、そんな意味だと思います。

そこには、こんなお話がつたわっているそうです。

昔々、あるところにまずしい母子が住んでいました。

あるとき、赤《あか》ん坊《ぼう》が重い病《やまい》にかかってしまいましたが、その病を治すことができる医者は、山をこえた村にしかいませんでした。

そこで母親は、赤ん坊をおぶって、医者のところにむかうことにしました。

いまのように、電車や車のない時代のことです。

母親は、歩いて山をこえなければなりませんでしたが、ひとつ大きな問題がありました。

山のむこう側にいくには、海ぞいのとてもけわしい道を通らなければならなかったのです。

そこは、がけにへばりつくようにして、人ひとりがようやく通れるほどのほそい道が、海に面してずっとつづいているようなところでした。

母親は、おんぶひもで赤《あか》ん坊《ぼう》を背《せ》おうと、この道をわたり始めました。

しかし、季節は冬。雪こそふっていませんでしたが、身をきるようなつめたい風がふきつけ、足元には強風にあおられた波が、岸壁《がんぺき》にはげしくあたってはくだけちります。

自分も栄養状態《えいようじょうたい》があまりよくない中、赤ん坊を背おって歩いていた母親は、つめたい風と、足元にたたきつける波の水しぶきをうけて、だんだん体力が弱ってきました。

背中《せなか》では、赤ん坊が身をよじるようにしてはげしく泣きじゃくっています。

道はまだ半分も進んでいません。

もうろうとした意識《いしき》の中、空を見あげると、夜空のはしにさえざえとした三日月がかがやいています。

このままでは、道をもどるにしても進むにしても、子どももろとも、海に落ちるのは時間の問題――そう思った母親は、とっさにおんぶひもをとくと、あれた海へと、子どもを放りなげてしまいました。

そのおかげで、母親は命からがら道をもどって、なんとか助かることができました。

それから数年後、母親に新たな子どもが生まれました。さいわい、その子は大きな病気にかかることもなく、立派《りっぱ》な青年へと育ちました。

それから長い月日が流れ、皮肉なことに母親は、昔、わが子がかかったのと同じ病《やまい》にかかってしまいました。

その病を治すことができる医者は、やはり山のむこうにしかいません。

一刻《いっこく》のゆうよもないということで、息子《むすこ》は母親をおぶると、山むこうの村をめざして出発しました。

道はやがて、あの海ぞいの難所《なんしょ》へとさしかかります。

季節は冬。あの夜ほどではありませんが、つめたい風がふきつけ、足元には波がくだけちっています。

空にはさえざえとした三日月。

息子《むすこ》の背中《せなか》にからだをあずけながら、子どもを海に放りなげたのもこんな夜だったなあ、と母親が思い返していると、

「こんな夜だったなあ」

とつぜん、息子が声をあげました。

口調はおとなびていますが、その声はかん高く、まるで幼《おさな》い子どものようです。

「なにがだい？」

どきっとしながら、母親は息子の背中に問いかけました。

「こんな夜だった」

息子はくりかえして、こういいました。

「おっかあが、おいらを海に落としたのは、こんな夜だった」

母親は、ぞっとしました。

あの夜のことは、だれにも話していませんし、だれかが見ていたはずもありません。

そもそも、まだ生まれてもいなかったこの子が、あのことを知っているわけがないのです。

母親が息子《むすこ》の背中《せなか》でぶるぶるふるえていると、息子はさらにこういいました。

「そうさなあ。おいらが知ってるわけはないものなあ」

母親はもう、気もくるわんばかりにおそろしくなりました。

「南無阿弥陀仏《なむあみだぶつ》、南無阿弥陀仏」

おがむように両手をあわせて、必死でお経《きょう》をとなえます。

母親の位置からは、息子の表情《ひょうじょう》をうかがいしることはできません。

波がひときわはげしく、足元にうちつけました。

そして――


「――それで、その母親はどうなったんですか？」

とうとつに話を終えた住職《じゅうしょく》さんに、ぼくがたずねると、

「わたしがきいた話は、ここで終わっています。ですから、母親がその後、どうなったの

かはわかりません」

住職《じゅうしょく》さんはあいまいにほほえんで、フッ、とろうそくを消した。

遠くからまた、ザザ――――ン、と波の音がきこえてくる。

「さて、つぎはどなたですか？」

住職さんがぼくたちを見まわしたけど、今度はなかなか手があがらない。

ゆらゆらとゆれる、のこり少ないろうそくの炎《ほのお》を見つめながら、ぼくはまよっていた。

いまの話をきいて、今日の昼間に体験したできごとを思いだしたんだけど、なんだかまるで、あの幽霊《ゆうれい》がこの会でぼくに語らせるためにあらわれたみたいで、なんとなくいやだったのだ。

すると、山岸《やまぎし》さんが横からひじで、ぼくをつつきながら、

「そろそろどうだい？」

とささやいた。

「がけの話のつぎなら、ちょうどいいんじゃないのかな」

ぼくはあきれて、山岸さんの顔を見た。

この人は、やっぱり千里眼《せんりがん》なんじゃないだろうか……そんなふうに思っていると、

「いやだなあ。ぼくはべつに、千里眼なんかじゃないよ」

山岸《やまぎし》さんはそういって、苦笑いのような表情《ひょうじょう》をうかべた。

ぼくはあらためて、ぞくっとすると、無意識《むいしき》のうちに「あの……」と声をあげていた。

みんなの注目がいっせいに集まる。

ここまできたらしかたがない。ぼくは覚悟《かくご》をきめて、

「これは、友達からきいた話なんですけど……」

そんなふうに前置きをしてから、今日の昼間に体験した、がけから何度もとびおりる女の人の話を、人からきいた話のようにして語りだした。

「――その女の人は、

『どうして指さしてくれないの』

そうつぶやくと、かき消すように消えてしまった、ということです」

話し終わると、ぼくは一礼して、目の前のろうそくをフウッとふき消した。

あんまり意識《いしき》してなかったけど、山岸さんの助手をするようになってから、怪談《かいだん》と接《せっ》す

る機会がふえたせいか、それなりにスラスラと話せたような気がする。

「これはなかなか」

住職《じゅうしょく》さんが、感心したように笑顔でうなずいた。

「お若《わか》いのに、怪談《かいだん》を語りなれていらっしゃる」

語りなれてるんじゃなくて、怪談そのものになれてるだけなんです、というわけにもいかず、ぼくが恐縮《きょうしゅく》して頭をさげると、

「それって、もしかして、この下にあるがけのことじゃないですか？」

まだ怪談を語っていない、若い男の人が、低い声でいった。

「この下って……」

ぼくのつぶやきに返事をするように、ザザ――ン、と波のくだける音がする。

「この寺の下に断崖《だんがい》があるんですけど、そこが自殺の名所ってことで、わりと有名なんですよ」

男の人はそういって、ククッとのどの奥《おく》で笑った。

「どうですか？　なにかご存知《ぞんじ》のお話がありましたら……」

住職《じゅうしょく》さんが水をむけると、

「そうですね……いまの話とは、べつの場所が舞台《ぶたい》なんですが……」

男の人は座《すわ》りなおして、

「この話は、怪談《かいだん》っていっていいのかどうか、よくわからないんですけどね」

そんな前置きをしてから話し始めた。

『海からのびる手』

これは知り合いの、タクヤってやつの話です。

何年か前の夏のこと。タクヤは大学の友だちと、海に旅行にいきました。

一日目は、ふつうに海水浴場《かいすいよくじょう》で遊んでたんですけど、二日目はちょっと変わったところにいってみようってことになって、海岸ぞいの道を車で走ってたんです。

すると、海水浴場から少しはなれたところに、人気《ひとけ》のない岩場を見つけました。

そこは、道からはただの岩場にしか見えないんですけど、じつは岩の壁《かべ》にかこまれるようにして、箱庭みたいな小さな砂浜《すなはま》があるんです。

タクヤたちは、穴場《あなば》を見つけたと大よろこびでした。

中でも、その砂浜の横には、ちょっとしたがけがあって、十メートルくらいの高さから、海にむかってとびこむことができたんです。

上から見おろしたら、目もくらむような高さなんですけど、一回とんだらやみつきになるみたいで……。

タクヤたちは、度胸《どきょう》だめしみたいな感じで、順番にとんでたんですけど、そのうちにだんだん天気が悪くなってきました。

まっ青だった空は、灰色《はいいろ》の雲におおわれて、おだやかだった海も波があらくなり、つめたい風がふきぬけます。

そろそろ引きあげようか、なんて話をしていると、いつのまにか砂浜に、ひとりのおばあさんがあらわれて、タクヤたちに声をかけてきたんです。

方言がきつくて、はじめはなにをいってるのかよくわからなかったんですが、どうやら、

「海の神さまが怒《おこ》っているから、これ以上、あのがけからとびこんではならない」

っていってるみたいなんですね。

おばあさんがいうには、あのがけは聖《せい》なる場所で、あそこからとびこむことは、聖なる儀式《ぎしき》にあたる。

だから、正式な手順をふんでとびこむならかまわないが、遊び半分でとびこむことは、神さまの怒《いか》りを買うことになる。現《げん》に、空と海があれてきているではないか——。

ようするに、そういうことがいいたいらしく、みんなはどうせ帰ろうとしていたから、きき流していたんですが、タクヤだけがなぜか妙《みょう》にムキになって、

「そんな迷信《めいしん》、なんで気にしなきゃいけないんだよ」

とかいいながら、おばあさんの前でがけにのぼったんです。そして、

「おい、ちゃんと、写真とっとけよ」

っていいながら、海にとびこんで——そのまま、あがってこなかったんです。

友だちは大さわぎで、警察《けいさつ》や消防《しょうぼう》に連絡《れんらく》をしたり、タクヤの家族に電話をかけたりしたんですが、結局、タクヤは海にしずんだきり、見つかりませんでした。

それから何日かして、タクヤの死体が発見されたと、家族に連絡《れんらく》が入りました。

見つかったのは、岩場から少しはなれた、洞窟《どうくつ》のようなところで、潮《しお》の関係でそこまで流されたそうです。

そして、タクヤのお葬式《そうしき》の帰り道。

いっしょに海にいった仲間のうちのひとりが、ほかのみんなを喫茶店《きっさてん》にさそいました。

いったいなんだろうと思っていると、そいつは一枚《まい》の写真を見せて、こういったんです。

「これは、あいつの生前最後の写真だ。ご両親にわたそうと思って持ってきたんだけど、結局わたせなかった。どうすればいいと思う？」

みんなは写真をのぞきこみました。

それは、タクヤがいままさにとびこもうとしているところの写真でした。

のばした両手を、まっすぐ下にむけて、からだは空中にういています。

がけの下には、少し高くなった波がうちつけて、白い泡《あわ》をはじけさせていたのですが、よく見るとその白い波の間に、二本のほそくて白い手がうつっていたんです。

まるで、とびこもうとするタクヤを、まちかまえてひきずりこもうとしているかのように……。

みんなはそれを見て、息をのみました。

それで、さすがにこれはご両親に見せるわけにはいかないだろうっていう話になったんですけど、気になるのは、あのおばあさんのせりふです。

タクヤに対するほどじゃないとしても、もしかしたら海の神さまは、自分たちにもおこっているかもしれない。

それで、仲間のひとりが、その写真を有名な霊能者《れいのうしゃ》のところにもっていったんです。

すると、その霊能者は、写真をひとめ見て、はっきりとこういったそうです。

「これは、心霊写真ではありません」

男の人は、そこで話を終えると、ろうそくに口を近づけた。

「え？」

障子《しょうじ》の話をした年配の男性《だんせい》が、思わず、といった感じで口をはさんだ。

「あの……それは結局、どういうことだったんでしょうか」

「ようするに――」

語り手の男の人は、わずかにくちびるをゆがめてつづけた。

「それは幽霊《ゆうれい》でもなんでもなく、生きている人間の手だった、ということでしょうね」

意味がようやく理解《りかい》できて、ぼくは背筋《せすじ》の下のほうから、ゆっくりと寒気がはいあがってくるのを感じた。

海にとびこむ写真と、海からのびた白い手という組みあわせは、怪談《かいだん》の定番なんだけど、その白い手が、もし生きた人間の手だとしたら……。

だれかべつの人がおぼれているのかもしれないし、海にもぐっただれかが、とびこんだ人をひきこもうとしているのかもしれない。

どちらにしても、幽霊とはべつの意味で、相当怖《こわ》い。

「ちなみに」と、男の人はつけくわえた。

「地元の人しか知らないはずの、その砂浜《すなはま》を、どうして通りすがりの彼《かれ》らが見つけることができたのか──だれがそこにいこうといったのか、それは結局わからないままだったということです」

男の人が語り終えると、

「すいません」

さっき、ジェットスキーの話をした女の人が、小さく手をあげた。

「なにか？」

「いまのお話って、もしかして、この近くの……」

「いやあ、それはちょっと……」

男の人はあいまいに笑いながら言葉をにごした。

「どうかされましたか？」

住職《じゅうしょく》さんが助け舟をだすと、女の人は一瞬《いっしゅん》考えるそぶりを見せてから、話し始めた。

「わたし、この近くの病院で看護師《かんごし》をしてるんですけど、以前、入院されていた警察関係《けいさつかんけい》の方から、こんな話をきいたことがあるんです」

『長い死体』

警察《けいさつ》の署内《しょない》には、死体安置室という部屋があるそうです。

身元がわからない死体を、ご家族や関係者に見てもらって、身元を確認《かくにん》するための部屋なんですが、そこにある日、海でおぼれて亡《な》くなった男の人の死体がはこばれてきたんです。

連絡《れんらく》をうけて、すぐにかけつけたご両親は、死体を見ておどろきました。

顔はたしかに息子《むすこ》のものなのですが、からだがあまりにも長すぎるのです。

頭のてっぺんから足の先まで、二メートル以上はあるでしょうか。

胴体《どうたい》はいったいどうなっているんだろう、と思いましたが、首から下は大きなシーツがかけられていて、見えません。

ご両親がシーツをはがそうとすると、警察の人から、

「見ないほうが……」

といわれてしまいました。

しばらくおし問答《もんどう》がつづいた末、父親が意をけっしていいました。

「わたしたちは、本当のことが知りたいだけです。なにを見てもおどろきませんから、どうかシーツをめくって見せていただけませんか」

警察《けいさつ》の人も、その気迫《きはく》に負けて、シーツに手をのばしました。そして、

「いっておきますけど、どうしてこんなことになったのか、わたしたちのほうでもわかっていないんです。ただ、発見されたときはすでにこの状態《じょうたい》で……」

なんともいえない表情《ひょうじょう》で首をひねりながら、シーツをめくりました。

それを見て、両親は言葉を失いました。

シーツの下から現《あらわ》れたもの——それは、まっ白な髪《かみ》をふりみだしたおばあさんが、おそろしい形相《ぎょうそう》で、男の人の死体の足にしっかりとしがみついて、息たえている姿《すがた》だったのです。

「――そのおばあさんは、どうやっても、けして男の人の足からはなれようとしなかったそうです」

女の人は、しずかな口調で話をしめくくると、フッとろうそくをふき消した。

いつのまにか、火のついたろうそくは、のこり一本になっている。

ぼくが山岸《やまぎし》さんをチラッと見ると、

「園田《そのだ》さん」

山岸さんが、ぼくの頭ごしに声をかけた。

「まだ、なんにも話してないだろ？　なにか、話しておきたい怪談《かいだん》があるんじゃないのかい？」

その意味ありげなせりふに、園田さんの顔を見ると、園田さんはうっすらと笑みをうかべて、まるでろうそくの炎《ほのお》のようにゆらりとからだをゆらした。

そして、前置きなしに、淡々《たんたん》とした口調で語りだした。

#『肝《きも》だめし』

あるむし暑い夏の夜のことです。

海辺の民宿に泊《と》まっていた大学生のグループが、夜の海岸にやってきました。

「こんなところにやってきて、なにするんだよ」

B夫《ビーお》がたずねると、

「もちろん、肝だめしだよ」

A助《エーすけ》はそういって、ニヤリと笑いました。

「えー」

怖《こわ》い話が苦手なC子《シーこ》は悲鳴をあげましたが、

「おもしろそう。やりましょうよ」

反対に、怖い話が大好きなD代《ディーよ》はうれしそうです。

A助の話によると、この近くに、夜になって潮《しお》がひくとあらわれる洞窟《どうくつ》があって、そこには潮《しお》の流れの関係で、近くのがけから身をなげた死体がよく流れつくというのです。

「その洞窟《どうくつ》に、ひとりずついってくるというのはどうだ?」

A助《エーすけ》の提案《ていあん》に、C子《シーこ》は恐《こわ》くて声もでないようですが、D代《ディーよ》はますますよろこんでいます。

B夫《ビーお》も手をたたいて、

「おもしろそうだな。そうだ。本当にいったことを証明《しょうめい》するために、自分の名前を書いた棒《ぼう》を、地面にさしていくっていうのはどうだ?」

そんな提案をしました。

早速、洞窟にいく順番をきめるためのじゃんけんをすると、負けたのはC子でした。

C子は、どうせいくならさっさとすませてしまおうと、早足で洞窟にむかいました。

昼間は海の中にしずんでいた場所なので、岩はぬれているし、あちこちに水たまりがのこっています。

C子は足元に気をつけながら、棒をつきさせる場所をさがしました。

すると、入り口から少し入ったところに、砂地《すなち》になっているところが見つかりました。

C子はその場にしゃがみこむと、準備《じゅんび》してきた棒を思いきりつきさして、あとも見ずにみんなのもとへもどろうとしました。

ところが、からだが前に進みません。

だれかがうしろから、C子《シーこ》のスカートをひっぱっているのです。

C子は悲鳴をあげながら、必死でにげようとしました。

だけど、スカートをひっぱる力はびくともしません。

そのままパニックになっていると、しばらくして、悲鳴をきいたA助《エーすけ》たちが、様子を見にきました。

そして、C子の様子を見て、あきれた口調でいいました。

「C子、なにしてるんだよ」

その言葉にC子がふりかえると、自分のスカートから棒《ぼう》がとびだしていました。

早く帰ろうとあわてていたC子は、自分のスカートの上から棒をつきさして、そのせいでうごけなくなっていたのです。

「C子は怖《こわ》がりだなあ」

B夫《ビーお》の言葉に、笑い声がおこります。

C子《シーこ》もホッとしたのとはずかしいのとで、いっしょになって笑いながら、棒《ぼう》を引きぬいて——笑《え》みがこおりつきました。

ぼろぼろになった骸骨《がいこつ》の手が、棒の反対側のはしをしっかりとにぎりしめたまま、土の中からでてきたのです。

話し終えた園田《そのだ》さんが、身をのりだして、ろうそくに口を近づけると、火がスウッと消えた。同時に、まるで海の底にいるように、広間が深い青色につつまれる。

いまにもなにかが起こりそうな雰囲気《ふんいき》に、ぼくがドキドキしていると、

シュッ

短く息をはくような音がして、一本のろうそくに火がともった。

それを見て、ぼくは目をうたがった。

あれはたしか、一番初めに火を消したろうそくだ。

誕生日《たんじょうび》のときなんかに、ふき消したはずのろうそくの火が、またすぐにつく、なんてことはあるけど、こんなに時間がたってから、ひとりでにつくなんて、きいたことがない。

住職《じゅうしょく》さんは、ざわざわとざわめく参加者たちをなだめるように、両方のてのひらを前にだすと、

「もしかして、どなたかまだ、一度も話されていない方がいらっしゃるのではありませんか？」

そういって、ゆっくりと山岸《やまぎし》さんに視線《しせん》をむけた。山岸さんは苦笑をうかべて、

「それじゃあ、せっかくですから、百物語にまつわる怪談《かいだん》をひとつ……」

そういうと、おだやかな口調で話しだした。

『百物語の夜』

古来より、百物語の作法は何通りかつたわっているのですが、ある地方では、こういう作法が正式なものとしてつたわっています。

まず、つらなった三つの部屋を用意します。

そして、参加者が集まる部屋と、そのとなりの部屋には灯《あか》りは置かず、三つ目の部屋に、青い紙をはった行灯《あんどん》と、百本のろうそく、そして鏡《かがみ》を準備《じゅんび》します。

参加者は、怪談《かいだん》をひとつ語るたびに、手さぐりでとなりの部屋を通りぬけ、三つ目の部屋でろうそくを一本ふき消して、鏡に自分の顔をうつしてから、またまっ暗な部屋を通ってもどってくるのです。

ずいぶん昔の話ですが、ある若者《わかもの》のグループが、このやり方にのっとって百物語をおこなおうとしました。

参加者は十人。ひとりにつき、十個《こ》ずつ怪談を語る計算です。

こういう話が好きな人の集まりですから、語られる話も、本当に怖《こわ》いものばかりでした。

やがて、百物語もなかばに近づいて、四つ目の話を語り終えた寅雄《とらお》は、となりの部屋を通りぬけて、三つ目の部屋でろうそくをふき消すと、鏡《かがみ》をのぞきこみました。

そして、もう少しで悲鳴をあげそうになりました。

鏡にうつる自分のうしろに、だれかがいるような気がしたのです。

寅雄はとっさにふりかえりましたが、もちろんだれもいません。

手さぐりでもとの部屋にもどって腰《こし》をおろすと、寅雄のひとつ前の亀彦《かめひこ》が、

「どうかしたのか？　顔がこわばってるぞ」

とささやきました。

灯《あか》りがないとはいえ、障子《しょうじ》ごしに月明かりが入ってくるため、おたがいの表情《ひょうじょう》くらいはわかるのです。しかし、寅雄は、

「いや、なんでもない」

といって、首をふりました。

さっきのことは、なんとなく人にいってはいけないような気がしたのです。

「そうか」

亀彦《かめひこ》もそれ以上はきいてこず、寅雄《とらお》はつぎの話に耳をかたむけました。

五十話、六十話……

ろうそくをふき消すにつれて、鏡《かがみ》の中のかげは、どんどん濃《こ》くなっていきます。

そのかげは、黒というより、深い青色をしていました。

(もしかして、これがうわさの青行灯《あおあんどん》という妖怪《ようかい》だろうか……)

寅雄は思いました。

青行灯というのは、百物語を最後まで語り終えると現《あらわ》れるといわれている、妖怪のことです。

(ほかのみんなにも見えているのだろうか)

そう思った寅雄は、となりの部屋からもどってきた鶴太郎《つるたろう》にききました。

「なあ。なにか、おかしなことは起こってないか?」

すると、鶴太郎はびくっとからだをふるわせて、

「いや、なにも起こってないぞ」

というのですが、その表情《ひょうじょう》はかたく、目は明らかにおびえています。

（どうやら、こいつも青行灯《あおあんどん》を見ているようだぞ）

寅雄《とらお》は少しだけ、気が楽になるのを感じました。

だけど、安心はできません。

青行灯がどんな姿《すがた》をしていて、なにをしてくるのか、はっきりしたことはわかっていないからです。

おそろしいという思いもありましたが、一方では、もともと怖《こわ》い話が好きで、こんな会に参加しているくらいですから、青行灯の正体を見てみたいという気持ちもありました。

百物語が進むにつれて、ほかの参加者たちの表情も、どんどんこわばっていきます。

そして、ついに九十九話目が終わったところで、

「うわ――――っ！」

ろうそくを消しにいったはずの鶴太郎《つるたろう》が、とつぜん大声をあげながら、行灯をかかえて部屋にとびこんできました。

そして、そのまま部屋をかけぬけると、障子《しょうじ》を開け放し、行灯を庭に放りなげてしまっ

たのです。

あわてて庭にとびだした寅雄《とらお》たちは、その場にぼうぜんと立ちつくしました。

行灯《あんどん》は放りだされた状態《じょうたい》のまま、空中でとまっていたのです。

そして、寅雄たちが見守る前で、ボッ、と炎《ほのお》につつまれて青白い火の玉になると、そのままどこかにとんでいってしまいました。

われにかえった寅雄たちは、泡《あわ》をふいてたおれていた鶴太郎《つるたろう》をいそいで病院へとはこびました。

あとで鶴太郎に、なにがあったのかきいてみると、となりの部屋にいくたびに、耳元でだれかの声がしていたそうです。それも、はじめはなにをいっているのかききとれないくらいの小声だったのですが、だんだんと大きくなり、ついにははっきりとした声で、鶴太郎に話しかけてきたというのです。

「それで、その声はなんていってたんだ？」

寅雄がそうたずねると、鶴太郎は、

「それだけはいえない」

まっ青な顔で首をふり、けっしてその内容をあかそうとはしませんでした。

その後、ほかの者にもきいてみると、どうやら参加者はみな、となりの部屋にいくたびになにかおそろしい体験をしていたようです。

部屋にだれもいないのに、たしかにそでを引かれる感覚《かんかく》があって、それがじょじょに強くなっていった者もいれば、もとの部屋にもどるたびに、人数がふえているような気がした者もいました。

そして、亀彦《かめひこ》はというと、

「部屋にもどってくるたびに、人数は変わらなかったけど、知らない顔がふえていった」

ということでした。

「ちなみに、寅雄《とらお》が鏡《かがみ》の中に見ていた人かげは、自分の顔――それも、なにかにとりつかれたような、おそろしい自分の顔だったそうです。もし最後まで語り終えていたら、どうなっていたんでしょうね」

にやりと笑って話をしめくくった山岸《やまぎし》さんは、スッと息をすいこむと、少しはなれたところにあるろうそくにむかって、フッと短く息をふいた。

まるで空気の矢《や》で射《い》られたように、ろうそくの炎《ほのお》がバッとちりぢりになって消える。

それでも、もしかしたら、また火がつくんじゃないかと思って見つめていると、

ガラガラガラ

戸があく音がして、園田《そのだ》さんが入ってきた。

ぼくはとなりに目をやった。

「え？」

でも、こっちにも園田さんが——と思っていたら、こちらの園田さんはにやりと笑ってぼくを見ると、ろうそくの炎のようにゆらりとゆれて、そのまま闇《やみ》にとけこむように消えてしまった。

おどろきのあまり、声もだせず、あっけにとられていると、

「あれ？　もう終わっちゃったんですか？」

まったく気づいてない様子の園田《そのだ》さんが、すべて消えたろうそくを前にして、残念《ざんねん》そうに口をとがらせた。

「そうなんですよ」

住職《じゅうしょく》さんがまったくどうじることなく、にこやかに答えながら立ちあがった。

「ちょうどいま、終わったところなんです」

そういって、障子《しょうじ》に近づき、左右にいきおいよく開く。

パアン、と障子の木枠《きわく》がかわいた音をたてた。

障子のむこうは中庭に面した縁側《えんがわ》になっていて、はれわたった空から、さえざえとした月の明かりが広間にさしこんでくる。

それを見て、ぼくは、あれ？　と思った。

さっきまで、障子のむこうはもっと暗かったはずだ。

たんに月にかかっていた雲がはれただけなのかもしれないけど、それよりもぼくは、住《じゅう》

職《しょく》さんが障子《しょうじ》をあけた瞬間《しゅんかん》に、いくつもの黒いかげが、いっせいにとびちっていったような気がしていた。

もしかしたら、この世のものではないものたちが、百物語をききに集まっていたのかも……。

ぼくがあらためてゾッとしていると、へこんだあとのないざぶとんに腰《こし》をおろした園田《そのだ》さんが、ぼくの耳元に口を近づけていった。

「あとで、どんな話があったかおしえてね」

ぼくたちは広間をでると、若《わか》いお坊《ぼう》さんに案内されて、わたりろう下にもどった。

風は少しつめたさをまし、さっきはきこえなかった虫の声がきこえてくる。

「帰ってくるのがずいぶんおそかったけど、どうしたの？」

くつをはいて、じゃりの上を歩きだしながら、ぼくがたずねると、

「それが、まよっちゃったの」

園田《そのだ》さんは眉間《みけん》にしわをよせて答えた。

「まよった？」

いくらまっ暗とはいえ、部屋の外にでて電話をかけるだけで、どうしてまようんだろうと思っていると、

「建物の中だと声がひびいちゃうでしょ？　だから、わたりろう下までできたんだけど、電波の調子が悪くて、すぐに圏外《けんがい》になっちゃうのよ。それで、電波が通じるところをさがしてるうちに、いつのまにか本堂《ほんどう》の中に入っちゃって……」

気がついたら、どこにいるのかわからなくなっていたのだと、園田さんはいった。

「それはきっと、むじなのしわざだね」

すぐうしろを歩いていた山岸《やまぎし》さんの言葉に、

「むじな？」

園田さんがふりかえった。山岸さんはうなずいて、

「一般的《いっぱんてき》には、アナグマやタヌキの別称《べっしょう》なんだけどね。人を化《ば》かすタヌキの妖怪《ようかい》のことを、むじなとよんだりもするんだ」

「えー、かわいい」

園田《そのだ》さんが歓声《かんせい》をあげた。

「タヌキの妖怪《ようかい》なんですか？」

「うん。イタズラ好きで、夜道で人をおどろかせたり、道にまよわせたりすることはあるけど、基本的《きほんてき》にはあまり害《がい》のない妖怪だよ」

山岸《やまぎし》さんはにっこり笑ってそういった。

「そっか。妖怪のしわざだったのか」

園田さんは、なんだかうれしそうに、何度もうなずいている。

だけど、園田さんも、道にまよわされるくらいならともかく、自分のにせものがでたと知ったら気もちが悪いだろう。

「それで、清彦《きよひこ》さんからの電話は、なんだったの？」

ぼくは話題を変えた。

「ああ……お客さんの送迎《そうげい》が終わったから、いまからむかえにいくって。だから、いまごろは門の前でまってるんじゃないかな」

そんな話をしながら、お寺の門をでていく参加者たちのうしろ姿《すがた》を見ているうちに、ぼくはおかしなことに気がついた。

広間にいたときよりも、人数がへっているような気がするのだ。

とちゅうで帰った人はいなかったはずだけど――ぼくが首をかしげていると、

「本物がまじっていたからね。その分、へってるように見えるんだよ」

山岸《やまぎし》さんが、まるでぼくの心を読んだみたいにいった。

「本物ですか？」

「うん。本物の怪談《かいだん》――つまり、怪談の当事者がまじってたということだよ」

「体験談《たいけんだん》っていうことですか？」

それなら、たしかにいくつかあったな、と思っていると、

「体験談というよりは、主人公かな」

山岸さんはまた、物騒《ぶっそう》なことをいいだした。

「たとえば浩介《こうすけ》くんの話でいえば、とびおりた女の人が、あの会に参加して、自分のことを話すみたいなものだね」

「どの話が本物だったんですか？」

どこから話をきいていたのか、園田《そのだ》さんが目をかがやかせて会話にくわわった。

「注意していれば、気づいたんじゃないかな」

山岸《やまぎし》さんはいたずらっぽく笑って、ぼくたちを見た。

ぼくたちが顔を見あわせていると、

「話が終わって、ろうそくの炎《ほのお》を消すとき、ふき消さずにすいこんでた人が本物だよ」

山岸さんは、まるでクイズの正解《せいかい》でも口にするような気軽な口調でいった。

「え？」

ぼくはそのときの情景《じょうけい》を思いだそうとした。

話が終わって、ろうそくの炎に口を近づける。それから、スウッと……。

いわれてみれば、炎が口のほうにゆらめいた人が、何人かいたような気がする。

それがどの人だったのかまではおぼえてないけど……。

「気がつかなかった？」

山岸さんの言葉に、ぼくは首をふった。

なにしろ、たぬきが園田《そのだ》さんに化《ば》けて、となりに座《すわ》っていても、気づかないくらいなのだ。

思い返してみれば、どうやらぼくは、相手が幽霊《ゆうれい》や妖怪《ようかい》だということに気づかずに接《せっ》していることが多いような気がする。

そのことを山岸《やまぎし》さんにいうと、

「それこそが、浩介《こうすけ》くんが本物の怪談憑《かいだんつ》きだという証拠《しょうこ》だよ」

山岸さんはうれしそうに、ぼくの肩《かた》をたたいた。

「怪談憑き？」

「怪談の登場人物って、たいていはじめは、相手が幽霊や妖怪だと気づかずに接してるだろ？　浩介くんは、やっぱり怪談の体験者としての素質《そしつ》があるんだよ」

怪談の体験者って、ようするに被害者《ひがいしゃ》なんじゃないだろうか……。

「ところで……」

山岸さんが、とつぜん真剣《しんけん》な顔になってぼくを見た。

「浩介くんが体験したのは、がけからとびおりる女の人の話だけだったのかい？」

「え？」

はい、といいそうになって、ぼくはあわてて首をふった。

「ちがいますよ。あれは体験談《たいけんだん》じゃなくて、友だちからきいた話です」

「ふーん。友だちねえ」

山岸《やまぎし》さんはにやにやしながら、

「まあいいや。それより、ほかになにかおもしろい話はなかった？」

といった。

「おもしろい話って、なんですか？」

「たとえば、謎《なぞ》の祠《ほこら》とか」

「え」

絶句《ぜっく》するぼくに、山岸さんはつづけた。

「あれ？　いってなかったっけ？　今回、ぼくはおもしろそうな祠があるといううわさをきいて、この町にやってきたんだけど」

ぼくが無言で首をふっていると、

「おーい」

門の外で、清彦《きよひこ》さんが手をあげているのが見えた。

「あ、キヨくん」

園田《そのだ》さんがかけだしていく。

「そういえば、山岸《やまぎし》さんは今日はどこに泊《と》まるんですか？」

ぼくの問いに、

「ここだよ」

山岸さんは、足をとめてふりかえった。

月の光につつまれて、お寺の建物が青白くかがやいている。

「それじゃあ、お休み」

山岸さんがあっさりと背中《せなか》をむけて、本堂《ほんどう》へとむかうのを見送ると、ぼくは清彦さんのもとへかけよった。

「百物語はどうだった？」

ぼくが後部座席《こうぶざせき》にのりこむと、清彦さんはエンジンをかけながら、バックミラーごしにきいてきた。

「えっと、まあ……」

ぼくが答えにつまっていると、

「おもしろかったよ」

シートベルトをしながら、助手席の園田《そのだ》さんが答えた。

「どんな話がきけたんだい？」

「あのね……」

走りだす車の中で、百物語をふりかえるふたりをよそに、ぼくは座席《ざせき》のシートにもたれかかって目を閉《と》じると、そのままゆっくりとねむりにすいこまれていった。


つぎの日も、朝から空は晴れわたっていた。

ごはんにおみそ汁《しる》に焼き魚に卵《たまご》という、いかにも民宿らしい朝ごはんをはなれで食べながら、お寺で山岸《やまぎし》さんとあった話をすると、慎之介《しんのすけ》は「げっ」と、魚の骨《ほね》がのどにひっかかったような声をあげた。

「まじで？」

ひきつった顔の慎之介《しんのすけ》に、

「うん。きてたよ」

園田《そのだ》さんが明るい声でうなずく。

「それは……大変だったな」

慎之介は卵《たまご》をまぜながら、同情《どうじょう》するような目でぼくを見た。

「うん。大変だった」

ぼくは、仮病《けびょう》をつかってにげたくせに、とせめるような目で慎之介を見かえした。

慎之介は目をそらすと、

「それで……どうだったんだ？」

と小声できいてきた。

百物語が楽しかったか、ときいているのではない。山岸《やまぎし》さんが現《あらわ》れて、なにごともなかったのか、ときいているのだ。

「うーん……まあ」

ぼくはあいまいな返事をかえした。

たしかに、怪談《かいだん》の中に本物がまじっていたり、園田《そのだ》さんのにせものがあらわれたりはしたけど、ふみきりで電車にひかれかけたり（『怪談収集家《かいだんしゅうしゅうか》 山岸良介《やまぎしりょうすけ》の帰還《きかん》』第一話「黒ネコ」参照《さんしょう》）、湖でおぼれかけたり（同・第二話「幽霊《ゆうれい》あめ」参照）したわけじゃない。

だから、たいしたことは起きなかったような気がしてたけど、考えてみれば「死にかけなかったから問題はなかった」という考え方が、すでにおかしいよな、と思っていると、

「おはよう」

大きなあくびをしながら、清彦《きよひこ》さんが現《あらわ》れた。

「おはようございます」

そろって頭をさげたぼくたちは、

「今日の予定は？」

清彦さんの言葉に、顔を見あわせた。

とりあえず海で遊ぼうかな、ぐらいしか考えていなかったのだ。

「それじゃあ、せっかくだから、今日は穴場《あなば》につれていってあげようか」

「穴場《あなば》ですか？」

慎之介《しんのすけ》が身をのりだす。清彦《きよひこ》さんはうなずいて、

「車で十分くらいのところなんだけどね。すごくきれいな砂浜《すなはま》があるんだ。あまり知られてないし、のんびりできると思うよ」

「わたし、いってみたい」

園田《そのだ》さんが、元気よく手をあげた。

「おれも」

慎之介がそれにつづく。

ぼくも一拍《ぱく》おくれてうなずいた。

ゆうべは帰りの車でいつのまにかねてしまい、宿についてからも、ねじたくだけととのえてすぐに布団《ふとん》に入ったから、睡眠《すいみん》時間は十分なはずなんだけど、なんだかつかれがぬけていない気がする。

今日は砂浜で潮風《しおかぜ》にふかれながら、のんびりすごすことにしよう——そう考えると、ちょっと元気がでてきて、ぼくはおみそ汁《しる》に手をのばした。

朝ごはんを食べおえると、でかける準備《じゅんび》をして、ぼくたちは清彦《きよひこ》さんの車にのりこんだ。

まっ白な力強い陽ざしが、町や海にふりそそいでいる。

「そういえば——」

赤信号でとまったとき、清彦さんがななめうしろのぼくをふりかえっていった。

「昨日、お寺に知り合いがきてたんだってね」

「あ、はい」

どうやら帰りの車の中で、園田《そのだ》さんから山岸《やまぎし》さんのことをきいたらしい。

「あ、そうだ」

助手席で日焼けどめをぬっていた園田さんも、ぼくのほうをふりかえった。

「山岸さんは、どんな話をしたの？」

「えっと……たしか、百物語の話だったかな」

「百物語の話？」

「うん。ほら、最初に住職《じゅうしょく》さんが話してただろ？　あんな感じの……」

ぼくは、山岸さんが語った話を、おぼえてる範囲《はんい》で再現《さいげん》した。

話しおわると、だまってきいていた慎之介《しんのすけ》が、ぽつりとつぶやいた。

「おれ、いかなくてよかったな……」

「どうして？」

園田《そのだ》さんが不思議そうにたずねる。

「だって、夜のお寺でろうそくをかこんで、そんな話をえんえんときかされるんだろ？そんなの、拷問《ごうもん》じゃん」

慎之介は口をとがらせた。

怖《こわ》い話が苦手な人にとっては、たしかにそうかもしれない。

まあ、清彦《きよひこ》さんみたいに、

「いいなー。ぼくも宿のてつだいがなかったら、ぜったい参加したんだけどなー」

などとぼやいている人もいるので、人それぞれだとは思うけど……。

「あれ？」

気分を変えるように、窓《まど》をあけて外をながめていた慎之介が、なにかをみつけて声をあげた。

「いま、『釣《つ》り船ありますす』って看板《かんばん》が見えたんですけど、このへんって釣りもできるんですか？」

「おや？」

清彦《きよひこ》さんがうれしそうにふりかえって、また園田《そのだ》さんに「キヨくん、前」とおこられる。

「慎之介《しんのすけ》くんも、釣りをするの？」

「はい。たまに、父さんにつれていってもらうくらいですけど」

「じゃあ、船で沖《おき》にでたことはない？」

「はい。どんな魚がつれるんですか？」

ふたりが釣りの話題でもりあがりだしたので、退屈《たいくつ》したのか、園田さんがぼくのほうをふりかえって話しかけてきた。

「ねえねえ。わたしが迷子《まいご》になってる間って、ほかにどんな話があったの？」

「え？　えーっと……」

ぼくは車の天井《てんじょう》を見あげた。

正直、あんまり思いだしたくなかったけど、園田さんの期待にみちた目に根まけして、ぼくは住職《じゅうしょく》さんが話してくれた『おばりょがけ』を、ぽつりぽつりと話しだした。

「――その後、どうなったかは、だれも知らないんだって」

ぼくがちょうど語り終わったところで、車が速度を落として、海岸ぞいの道の路肩《ろかた》に停《てい》車《しゃ》した。

まわりには、ほかにとまっている車もなければ、海水浴客《かいすいよくきゃく》の姿《すがた》も見あたらない。

とまどうぼくたちをよそに、

「さあ、ついたぞ」

清彦《きよひこ》さんがはりきった口調でいって、車をおりた。

「えー、ここ?」

園田《そのだ》さんが、ぼくたちを代表して疑問《ぎもん》の声をあげる。

堤防《ていぼう》のむこうにひろがっているのは、見わたすかぎりゴツゴツとした岩場だったのだ。

しかも、少し歩いたところには、岩の壁《かべ》がそびえたっていて、視界《しかい》をさえぎっている。

「だいじょうぶ、だいじょうぶ」

清彦さんはにこにこしながら、トランクから荷物《にもつ》をとりだすと、岩場におりたって、軽い足どりで壁《かべ》のほうへと歩いていった。

そして――。

「あれ？」

ぼくは思わず声をあげた。

清彦《きよひこ》さんが、とつぜん姿《すがた》を消したのだ。

あわててあとを追いかけると、堤防《ていぼう》から波うち際《ぎわ》まで、ずっとつづいているように見えた岩の壁のとちゅうに、ちょうど人ひとりが通れるくらいのトンネルを見つけた。

「うわー、すごーい！」

トンネルをくぐるなり、園田《そのだ》さんが歓声《かんせい》をあげる。

ぼくと慎之介《しんのすけ》も、足をふみ入れて、言葉を失った。

そこは、左右を岩の壁にかこまれた、箱庭のような海岸だったのだ。

さらさらの砂《すな》はわずかにクリーム色がかっていて、空はどこまでも青く、海は太陽の光でキラキラとかがやいている。

もちろん、ぼくたちのほかに人かげはない。

ぼくたちははしゃぎながら、砂《すな》の上をかけまわると、熱く日に焼けた砂の上にシートを広げた。

「こんなところがあったのに、どうして今までつれてきてくれなかったの？」

園田《そのだ》さんが口をとがらせて清彦《きよひこ》さんをといつめると、

「絵里《えり》は、いつもはお盆《ぼん》にきていたからね」

パラソルを砂に深くさしこみながら、清彦さんが気になるせりふを口にした。

「それって、どういう意味ですか？」

ぼくがおそるおそるたずねると、清彦さんは手の砂をはらいながら、

「ここは霊道《れいどう》になっていてね。お盆におよぐことは、禁止《きんし》されているんだ」

といった。

「霊道？」

慎之介《しんのすけ》がききかえす。

「霊道っていうのは、霊が通る道のことだよ」

清彦さんは青い空をバックにして、さわやかに答えた。

「お盆《ぼん》になると、たくさんのご先祖《せんぞ》さまがむかえ火を目印《めじるし》に、この世に帰ってこられるだろ？　そのときの通り道が、霊道《れいどう》とよばれているんだ」

だから、お盆の時期にこの砂浜《すなはま》でおよぐと、ご先祖さまにつれていかれてしまうのだそうだ。

「それって、すごく危険《きけん》なんじゃないですか？」

ぼくが砂浜を見まわしながらいうと、

「だいじょうぶ、だいじょうぶ。お盆がおわって、ご先祖さまはみんな、送り火にのってかえってしまったからね」

清彦さんは自信ありげな口調できっぱりといった。

それをきいて、慎之介《しんのすけ》はホッとした様子だったけど、ぼくはまわりを見わたして、背筋《せすじ》がスッと寒くなるのを感じた。

いま、ぼくたちがいるこの場所が、ゆうべの怪談《かいだん》にでてきた砂浜にそっくりなことに気がついたのだ。

トンネルがあいている岩壁《がんぺき》は、海に向かってじょじょに高くなり、最終的には十メートルくらいの高さになって、まるでとびこみ台のように海につきだしていた。

「あの……」

さっそく水着姿《みずぎすがた》になって、波うち際《ぎわ》へと走りだす園田《そのだ》さんと慎之介《しんのすけ》を見送りながら、ぼくは清彦《きよひこ》さんにそっと声をかけた。

「あそこのがけの上からとびこんで亡《な》くなった人とか、いませんよね？」

そういって、岩壁のてっぺんを指でさす。

「あそこから？」

清彦さんは、太陽の光に目を細めながら岩壁を見あげた。

「さあ、ぼくはきいたことはないけど……どうして？」

「ほら、怪談《かいだん》でよくあるじゃないですか。とびこむ瞬間《しゅんかん》の写真をとったら、海から白い手がのびて……とか」

「ああ」

清彦さんは笑みをうかべてた。

「たしかに、ちょっととびこんでみたくなる高さかもね。でも、それはないと思うよ」

「そうなんですか？」

「うん。だって、あの下はけっこう浅いから」

清彦《きよひこ》さんはそういって、とびこみ台の真下を指さした。

「とびこんだら、それだけで自殺行為《じさつこうい》だよ」

ぼくは手でひさしをつくって、視線《しせん》をおろした。波がはじけては、白い泡《あわ》になって消えていく。

その泡の合間から、白い手がおいでおいでをしているような気がして、ぼくはあわてて目をそらすと、ふたりのあとを追った。

海はびっくりするくらいの遠浅で、水もすごくすんでいて、立ったままでも足元を魚がすりぬけていくのが見える。

いままでテレビの中でしか見たことのないような光景に、ぼくたちは時間をわすれて、ビーチボールでバレーをしたり、浅瀬《あさせ》で泳いだりして楽しんだ。

気がつくと、太陽は頭の真上にきていて、ぼくたちはビニールシートにもどると、おばさんがもたせてくれたお弁当《べんとう》を広げた。

明るい太陽の下、海の風にふかれながら、塩のきいたおにぎりをほおばっていると、ゆうべの百物語がなんだか別世界のできごとのように思えてくる。

「あれって、釣《つ》り船かな？」

はるか遠くにぽつんと見える黒い点を指さして、慎之介《しんのすけ》がいった。

「そうみたいだね」

清彦《きよひこ》さんがふたつ目のおにぎりに手をのばしながら答えた。そして、

「釣り船も、お盆《ぼん》の間は営業《えいぎょう》をひかえてるんだ。このあたりは、舟幽霊《ふなゆうれい》がでるからね」

といった。

「舟幽霊？」

園田《そのだ》さんが、座《すわ》ったままでぴょんと背筋《せすじ》をのばす。

「それって、どんな話？」

「きいたことないかな？　有名な怪談《かいだん》なんだけど……」

清彦《きよひこ》さんはそう前置きをすると、晴れわたった青い空、白い砂浜《すなはま》という、にあわないことこのうえないシチュエーションで、怪談《かいだん》を語りだした。

『舟《ふな》幽《ゆう》霊《れい》』

はるか昔――このあたりの住民のほとんどが、まだ漁業《ぎょぎょう》で生計をたてていたころの話。

そのころから、お盆《ぼん》の間はご先祖《せんぞ》さまにひっぱられるから、漁《りょう》にでてはならない、という言い伝えがあった。

ところが、ある年のお盆の朝のこと。

海岸で、ちょっとしたさわぎが起こった。

お盆のまっ最中だというのに、まっ黒な着物を着た若《わか》い男が、舟を魚で満杯《まんぱい》にして帰ってきたのだ。

それを見て、言い伝えをやぶったことにおこる年配の漁師《りょうし》と、言い伝えなんか迷信《めいしん》だ、これだけ魚がとれるなら漁にでようという若《わか》い漁師たちとの間で、言い争いが起こった。

悪いことに、その年は不漁がつづいていて、このままでは村からうえ死にする者がでるのではないかと、みんなが頭をなやませていた矢先のできごとだった。

結局、一部の年老いた漁師と、まだ若く、海にでた事のない一郎《いちろう》だけをのこして、ほとんどの者は漁にでてしまった。

ところが、いくら待っても、漁師たちは帰ってこない。

やがて、日ぐれが近づいて、ようやくいっそうの舟がもどってきた。

舟の底には、ひとりの漁師が横たわっていて、うわごとのように、

「幽霊《ゆうれい》だ……舟幽霊だ……」

と何度もくりかえすと、

「あいつのせいで、みんなしずんでしまった……」

そういいのこし、涙《なみだ》をひとすじ流して息たえてしまった。

その漁師は、一郎の父親だった。

一郎《いちろう》は、年老いた漁師《りょうし》たちの反対をおしきって、岸にいっそうだけのこっていたぼろぼろの舟にのると、海へとこぎだした。

太陽は水平線のむこうにかくれ、頭上にはうす紫色《むらさきいろ》の雲が広がっている。日ぐれどきの強い潮風《しおかぜ》にあおられながら、沖《おき》にでた一郎は、あちこちで舟がひっくりかえっている光景に、ぼうぜんとなった。

よく見ると、その中にいっそうだけ、しずまずにうかんでいる舟がある。舟の上では、あの若《わか》い男が笑みをうかべながら、その光景をながめていた。

きっとあの男が、村のみんなを海にさそいこんで、舟をしずめたのにちがいない――

そう確信《かくしん》した一郎は、舟をこいで、男に近づいた。

ところが、あと少しで手がとどこうかというところで、うす明かりののこっていた空がとつぜん暗くなり、一郎の舟をかこむようにして、海から数本の白い手がのびてきた。

「ひしゃくをくれ～、ひしゃくをくれ～」

という物悲しい声が、海のあちこちからきこえてくる。

一郎は耳をふさいだが、声は指のすきまをすりぬけて、頭に直接《ちょくせつ》うったえかけてきた。

「ひしゃくをくれ〜、ひしゃくをくれ〜」

がまんできなくなった一郎《いちろう》は、舟の中にころがっていた一本のひしゃくを手にすると、海になげこんだ。

すると、

「ああうれしや、ああうれしや」

はずんだ声とともに、白くて細長い手が、何十本、何百本と海面からとびだしてきた。

その手にはどれも、さっき一郎がなげこんだひしゃくがにぎられている。

白い手たちは、ひしゃくで海の水をくんでは、舟にそそぎだした。

(ああ、こうやって舟はしずめられたのか……)

一郎はようやく理解《りかい》したが、ときすでにおそく、ひしゃくの水がつぎつぎと舟の中に——。

「おや？」

頭をかかえて小さくなっていた一郎は、不思議に思って顔をあげた。

何十杯《ばい》、何百杯のひしゃくの水がそそぎこまれているはずなのに、舟の中に、水は足先をぬらすほどしかたまっていなかったのだ。

よく見ると、白い手がにぎったひしゃくは、長い間つかわれていなかったために、くさって底がぬけていた。

これでは、どれだけくんでも、水が底からこぼれ落ちてしまう。やがて白い手は、あきらめたのか、

「ああくやしや、ああくやしや」

と、うめくような声をのこして、海の中へと消えていった。

それを見ていた若《わか》い男も、いやそうな顔をすると、のっていた舟とともに姿《すがた》を消した。

やがて、雲が流され、海が月明かりにてらされると、底のぬけたひしゃくがぷかぷかとうかんでいるのが見えた。

一郎《いちろう》はひしゃくをひろいあげて、村へともどった。

それ以来、一郎の村では漁《りょう》にでるときは、用心のために底のぬけたひしゃくをもってでるようになった、ということだ。

清彦《きよひこ》さんが話しおわると、少しすずしい風が砂浜《すなはま》をふきぬけ、シートをバサバサとゆらした。

沖《おき》に見えていた釣《つ》り船のかげは、いつのまにか見えなくなり、水平線のむこうには、まっ白な入道雲がわきあがっている。

話をききながら、ぼくはかげ男のことを思いだしていた。

かげ男というのは、黒い帽子《ぼうし》をかぶって黒いコートを着た、まるでかげのような男のことだ。山岸《やまぎし》さんとは、昔からの知り合いらしい。

そして、ぼくの「怪談《かいだん》をよびよせる体質《たいしつ》」に興味《きょうみ》があるみたいなんだけど……。

『舟幽霊《ふなゆうれい》』の話にでてきた若《わか》い男が、そのかげ男を連想させたのだ。

「ちょっと、風がでてきたね」

清彦さんが、空を見あげながらいった。

「そろそろ帰ろうか」

太陽はまだ頭の上にあったけど、お昼をすぎると、海辺は急に風が強くなる。

きれいに食べ終えたお弁当《べんとう》のふたを閉《と》じると、ぼくたちは帰りじたくをはじめた。

清彦《きよひこ》さんがパラソルを、園田《そのだ》さんと慎之介《しんのすけ》がビニールシートをたたむ。ぼくがビーチボールの空気をぬこうとしたとき、ひときわ強い風がふいて、ボールが空高くまいあがった。

そのまま、トンネルがあるのとは反対側の岩場のほうまで、あっという間にとんでいく。

「とってくるから先にいってて」

ぼくはそういうと、砂浜《すなはま》の上を走りだした。

ボールは宙《ちゅう》にういたり、砂の上をはねたりしながら、まるで生きものみたいににげていく。

そして、ゴツゴツとした岩場にはさまるようにして、ようやくとまった。

ふりかえると、みんなが小さく見える。思ったよりも、遠くまできてしまったみたいだ。

ビーチサンダルがすべらないよう気をつけながら、岩の上をわたって、なんとかボールをつかんだぼくは、顔をあげて「あっ」と声をあげた。

砂浜からは死角になっていて気がつかなかったけど、波うち際《ぎわ》に、木造《もくぞう》の小さな舟がひっくりかえっていたのだ。

ぼくはボールを手にしたまま、そっと近づいた。

舟というより、ボートといったほうがいいかもしれない。

湖によくある貸《か》しボートを、ひとまわり大きくしたような舟で、もちろんエンジンはついていなかった。

一郎《いちろう》の時代は、こんな舟で漁《りょう》にでていたんだろうな、と思っていると、

「たぶん、つかわなくなった釣《つ》り船じゃないかな」

とつぜん、うしろからききなれた声がして、ぼくはもう少しで足をすべらせるところだった。

「――山岸《やまぎし》さん」

ふりかえったぼくは、岩の上に立つ着流し姿《すがた》の山岸さんに非難《ひなん》の目をむけた。

「心臓《しんぞう》に悪いから、背後《はいご》から登場するの、やめてもらえませんか？」

「なにいってるんだい。浩介《こうすけ》くんが、いつもぼくに背中《せなか》をむけてるんじゃないか」

どこで買ってきたのか、ぞうり柄《がら》のビーチサンダルをはいた山岸さんは、すずしい顔でうけ流した。

「こんなところで、なにしてるんですか」

「もちろん、仕事だよ」

山岸さんはほほえみながら、岩場の奥《おく》を指さした。

「この洞窟《どうくつ》に、本当に骸骨《がいこつ》がうまっているのか、たしかめようと思ってね」

「洞窟？」

山岸さんの言葉に視線《しせん》をむけると、たしかに洞窟の入り口らしきものが見える。

これって、もしかしてゆうべの百物語にでてきた、死体がうちあげられるという洞窟じゃ……。

思わずあとずさりしかけて、ぼくはまた足をすべらせそうになった。

「気をつけたほうがいいよ」

バランスをくずすぼくを見ながら、山岸《やまぎし》さんはいった。

「ここは強力な霊道《れいどう》だからね。浩介《こうすけ》くんみたいな人は、海に落ちると引きこまれるよ」

「でも、お盆《ぼん》がすぎたらだいじょうぶなんですよね？」

ぼくがさっきの清彦《きよひこ》さんの説を口にすると、

「それはどうかな」

山岸さんは首をひねりながらいった。

「霊道というのは、そもそも霊が通りやすい道のことだからね。ご先祖《せんぞ》さまはいなくなっても、海で亡《な》くなった者や、この近くで亡くなった、心のこりのある者たちが、このあたりにとどまって、すきあらば引きこもうとしているかもしれないよ」

ぼくはゾッとして、波うち際《ぎわ》に目をやった。そんなことをいわれたら、波がはじけてできる泡《あわ》が、ぜんぶ手のように見えてしまう。

そんなぼくを見ながら、山岸さんがふと気づいたようにいった。

「そういえば、お守りはちゃんと身につけているかい？」

「あ」

ぼくは胸元《むなもと》に手をやって、声をあげた。

さっきまでは、防水《ぼうすい》ケースに入れて首からさげてたんだけど、あとかたづけをするときにケースからだして、そのままタオルにくるんで置いてきてしまったのだ。

ぼくが砂浜《すなはま》のほうをふりかえると、

「気になるなら、早くもどったほうがいいよ」

山岸《やまぎし》さんが、めずらしくやさしい声をかけてきた。

「いいんですか？」

「もちろん」

山岸さんはにこやかにうなずいた。

「それとも、ぼくといっしょに、洞窟《どうくつ》に調査《ちょうさ》に入る？」

ぼくはぶんぶんと首をふった。

「遠慮《えんりょ》します」

「そうかい。それじゃあ、気をつけて。なにかあったら、とんでいくからね」

山岸《やまぎし》さんがとんできてくれるのは、ぼくを心配してではなく、ぼくがまきこまれている怪談《かいだん》を収集《しゅうしゅう》するためだと思うんだけど、それでもたよりになるのはまちがいない。

ぼくは「お願いします」と頭をさげて、ボールを手にかけだした。

砂浜《すなはま》にもどると、みんなの姿《すがた》はもうなかった。

荷物《にもつ》は全部もって帰ったのかな、と思いながら、念のため、シートのあったあたりをさがすと、お守りが半分砂にうもれて落ちているのがみつかった。

「あぶない、あぶない」

お守りの砂をはらい落としながらトンネルにむかうと、通りぬけたところで慎之介《しんのすけ》が待ってくれていた。

「おそかったな」

「ちょっとね……」

車にむかって歩きながら、山岸さんとあったことを話すと、

「げ」

慎之介《しんのすけ》は朝と同じ反応《はんのう》をした。

「あの人、超能力《ちょうのうりょく》でもあるんじゃないか」

「うーん……」

人をこえた能力を超能力とよぶなら、たしかにあの人には超能力があるのかもしれない。

「山岸《やまぎし》さんがいるってことは、この海岸はあぶないのかな」

むずかしい顔でつぶやく慎之介に、ぼくは声をかけた。

「でも、もうここにはこないだろ?」

「それが……」

今日の夜か明日の朝、舟をかりて釣《つ》りにこようかという相談を、清彦《きよひこ》さんとしていたらしい。

「やめておいたほうがいいんじゃないかな」

ぼくは慎之介の肩《かた》をたたいた。

「さっき、清彦さんもいってただろ。ここは霊道《れいどう》だって……」

「でも、お盆《ぼん》はすぎたからだいじょうぶだっていってたし……」

あきらめきれない様子の慎之介《しんのすけ》に、ここは強力な霊道《れいどう》だと山岸《やまぎし》さんもいっていた、という話をするかどうかまよっているうちに、ぼくたちは車に到着《とうちゃく》した。

車が走りだして、ぼくが反対側の岩場で山岸さんとあったことを、前のふたりに話すと、

「おかしいな」

清彦《きよひこ》さんがつぶやいた。

「どうしたんですか？」

「いや……あそこにいくには、あのトンネルを通るしかないはずなんだけど、いつのまに通ったんだろう……」

清彦さんは不思議そうに首をひねった。

「それは……」

あまり深く考えないほうが……という言葉をのみこんで、ぼくは話題を変えた。

「そういえば、舟で釣《つ》りにいくんですか？」

「うん。舟がかりられるかどうか、きいてみないとわからないけどね。浩介《こうすけ》くんも、いっしょにくるかい？」

清彦《きよひこ》さんはバックミラーごしに、ぼくを見て笑った。

「いや、ぼくは……」

ぼくが、どうことわろうかと考えていると、

「わたし、前から気になってたんだけど……」

園田《そのだ》さんが、背《せ》もたれにだきつくようにして、こちらをふりかえった。

「山岸《やまぎし》さんって、百物語の本を完成させるのが目的なんだよね？」

「本人はそういってるけど……」

「それじゃあ、完成したらどうするんだろ？　もう怪談《かいだん》の収集《しゅうしゅう》をやめちゃうのかな」

「さあ……」

それは、ぼくも疑問《ぎもん》だった。

いつになるのかわからないけど、本が完成したら、山岸さんはどうするのだろう。

「そういえば……」

ぼくは、ゆうべ、山岸さんが帰り際《ぎわ》にいっていたせりふを思いだした。

「山岸さん、祠《ほこら》をさがしにきたっていってたな」

「祠《ほこら》？」

反応《はんのう》したのは、清彦《きよひこ》さんだ。

「祠って、もしかして、あの七人ミサキの祠のことかい？」

「いや、それがよくわからないんですけど……」

「七人ミサキの祠って、なあに？」

園田《そのだ》さんが興味《きょうみ》をしめす。

結局、清彦さんがこの間の七人ミサキの話をしているうちに、車は民宿についた。

とりあえず熱いシャワーをあびて、はなれにもどると、おばさんがよくひえたスイカをもってきてくれた。

窓《まど》から入ってくる風が、すごく気もちいい。

おなかがいっぱいになったぼくは、畳《たたみ》の上にねころがると、波の音をききながら、そのままねむりに落ちていった――。

目がさめると、部屋の中には、だれもいなかった。

窓《まど》の外からは、夕ぐれのかおりが風にのって入ってくる。

みんな、でかけちゃったのかな、と思っていると、

「目がさめた？」

ふすまがあいて、園田《そのだ》さんが顔をだした。

「慎之介《しんのすけ》は？」

「さあ……わたしが起きたときには、もういなかったけど」

園田さんはそういって、小さなあくびをした。そして、

「そうだ」

ぱん、と手をたたいて、ぼくの顔をのぞきこんだ。

「さっきいってた、七人ミサキの祠《ほこら》ってどこにあるの？」

「森の中だよ。ほら、昨日、清彦《きよひこ》さんをよびにきた、あの道のむこう」

「場所っておぼえてる？」

「うん、たぶん」

「だったら、つれていってくれない？」

「いいけど、清彦《きよひこ》さんは？」

「それが……」

清彦さんも、目がさめたら宿にはいなかったらしい。

結界さえこえなければだいじょうぶだろう——ぼくが案内をひきうけて、玄関《げんかん》でくつをはいていると、

「あ、ちょっと待って」

園田《そのだ》さんが、建物の中にもどっていった。そして、

「お待たせ」

しばらくして、大きなエコバッグを肩《かた》にかけてもどってきた。

「なに？」

「うん、ちょっとね」

園田さんはバッグをかけ直して、へへ、と笑った。

「ついてからのお楽しみ」

無事に祠《ほこら》を案内し終わって、民宿へとつづく道を歩いていると、むこうから園田《そのだ》さんのおばさんが走ってくるのが見えた。

「どうしたの、おばさん」

園田さんが、空になったエコバッグをゆらしながらかけよる。

「あなたたち、どこにいってたの？」

「森のほうだけど……」

「清彦《きよひこ》と慎之介《しんのすけ》くん、見なかった？」

ぼくたちは一瞬《いっしゅん》顔を見あわせて、すぐに首をふった。

それを見て、おばさんはこまり顔でほおに手をあてた。

「こまったわねえ……いったい、どこにいったのかしら」

「まだ帰らないの？」

園田さんは空を見あげた。

藍色《あいいろ》をうすめたような空に、白い月がぽっかりとうかんでいるのが見える。

「車は？」

園田《そのだ》さんの問いに、おばさんは顔をしかめて首をふった。

「それが、ないのよ」

ということは、ふたりは車でどこかにでかけたということだ。

だけど、なんの連絡《れんらく》も伝言もなしに、こんな時間まででかけたりするだろうか。

もしかして、連絡したくてもできないような状況《じょうきょう》——たとえば事故《じこ》にあったりしているのではないか。

そこまで考えて、ぼくは「あっ」と声をあげた。

「もしかしたら、釣《つ》りかもしれません」

ふたりが舟をかりて海釣りにいく相談をしていたことを話すと、

「まさか……」

おばさんの顔が青くなった。

釣りにいって、連絡がつかないような事故にあったとなると、最悪の事態《じたい》も考えられる。

一番いいのは、あの海岸にたしかめにいくことなんだけど、おじさんはついさっき、大人数のお客さんをむかえに駅まで車で出発したところだし、おばさんもでむかえの準備《じゅんび》で身うごきがとれない。

どうしようかと、ぼくたちが顔を見あわせていると、

「あ、そうだ」

園田《そのだ》さんが声をあげて、ぼくの腕《うで》をつかんだ。

「山岸《やまぎし》さんなら、車をもってるんじゃない？」

「うん。たしか、車できてたと思うけど……」

「だったら、電話してみようよ」

「でも……」

電話番号がわからない、というと、

「助手なのに、連絡先《れんらくさき》を知らないの？」

園田さんが、あきれたように目を丸くした。

いままで、黒ネコが家までよびにきたり、ピンチになったらとつぜん現《あらわ》れたりしていた

ので、連絡《れんらく》をとる必要を感じなかったのだ。

結局、おばさんがお寺の連絡先を知っていたので、宿から電話をかけてもらうと、それから五分もたたないうちに、民宿の前に黄色い車がとまった。

「お待たせ」

運転席の窓《まど》から、山岸《やまぎし》さんが顔をだして笑顔でいった。

「ほらね。とんできただろ？」

とりあえず、慎之介《しんのすけ》たちが本当に釣《つ》りにいったのかどうかもはっきりしないので、園田《そのだ》さんには宿にのこってもらって、ぼくと山岸さんだけで海岸にむかうことにした。

「それじゃあ、いくよ」

ぼくがシートベルトをしめたのをかくにんして、山岸さんはアクセルをふみこんだ。

空は見あげるごとに暗くなり、うすい雲が膜《まく》をはったみたいに、空一面に広がっている。

海岸にむかいながら、簡単《かんたん》に状況《じょうきょう》を話すと、山岸さんは「うーん」とうなった。

「それは……あぶないかもしれないな」

山岸さんの言葉に、ぼくもうなずいた。

あぶないというのは、事故《じこ》ではなく、怪談《かいだん》のほうだ。

ふたりが舟幽霊《ふなゆうれい》の怪談に引きこまれてしまったのではないかと心配しているのだ。

だまっているといやな想像《そうぞう》をしてしまいそうなので、ぼくは山岸《やまぎし》さんに、

「さがしてた祠《ほこら》は見つかったんですか？」

と話しかけた。

「いやあ、だめだったよ」

山岸さんは苦笑いをうかべて首をふった。

「たしかに祠はあったんだけどね。ただのえびすさまだった」

「えびすさま？」

ぼくの頭には、目尻《めじり》をさげて大きな鯛《たい》をかかえた神さまの姿《すがた》がうかんだんだけど、山岸さんはそれを見すかしたようにぼくを見て、

「七福神《しちふくじん》のほうじゃないよ。海辺の町では、海岸に流れついたものを、一種の神さまとしてまつりあげることがあるんだ。その流れついたものを、えびすさまとよぶんだよ」

「へーえ、そうなんですか」

ぼくは素直《すなお》に感心した。山岸《やまぎし》さんは肩《かた》をすくめて、

「おかげで、怪談《かいだん》をひとつ、手に入れることはできたけどね。祠《ほこら》のほうははずれだった」

「あの……」

ぼくが、森の中で祠を見つけたという話をすると、山岸さんの表情《ひょうじょう》がちょっとうごいたけど、最後まで話をききおわると、

「七人ミサキか……それもちがうな」

落胆《らくたん》の色を見せて、ためいきをついた。

「山岸さんがさがしてるのは、どんな祠なんですか？」

「ふつうの祠だよ」

ぼくの問いに、山岸さんは短く答えると、

「ただし、中身はふつうじゃないけどね」

とつけくわえた。

「中身？」

「うん。祠にはたいてい、神さまとかお地蔵《じぞう》さまとか、なにかがまつられてるものなんだ

けど、ぼくがさがしてるのは、そのどれでもなくて……ああ、ついたよ」

山岸《やまぎし》さんはそういって、ブレーキをふんだ。

見おぼえのある路肩《ろかた》に車をとめて外にでると、いつのまにか空はずいぶん暗くなっていた。

見たところ、清彦《きよひこ》さんの車は見あたらなかったけど、このへんは小さなカーブがつづいて死角になっているところも多いので、はっきりとしたことはわからない。

とりあえず、砂浜《すなはま》を見にいくことにして、山岸さんがもってきたペンライトの灯《あか》りをたよりに、慎重《しんちょう》に岩場をわたってトンネルをくぐったぼくは、思わず息をのんだ。

昼間はあんなに明るかった砂浜が、夜になったことで、まったくべつの空間になっていたのだ。

岩の壁《かべ》にはさまれているせいか、まるで夜の底に閉《と》じこめられたみたいな気分になる。

砂浜にうちよせる波も、夜空と同じ、深い藍色《あいいろ》にそまっていた。

「山岸さん――あれ」

ぼくはまっすぐに沖《おき》を指さした。

小さな舟が、まるで池にうかぶ木の葉みたいに、ゆらゆらとゆれている。

その上には、大小ふたつの人らしきかげが見えた。

海の上は、霧《きり》でもでているのか、ひどく視界《しかい》が悪く、舟の姿《すがた》もときおりかすんでは、また現《あらわ》れたりしている。

肌《はだ》がぴりぴりするのを感じたぼくは、砂浜《すなはま》を足早に横ぎって、あの洞窟《どうくつ》があった岩場へとむかった。

昼間の舟は、同じ場所でひっくりかえったままだった。

ぼくが舟のふちに手をかけると、背中《せなか》に山岸《やまぎし》さんの声がした。

「いくのかい？」

「はい」

ぼくは力強くうなずいた。

何度も怪談《かいだん》にまきこまれているうちに、学んだことがある。

それは、怪談が――それも本物の怪談が近づくと、肌にぴりぴりと、寒気のような電流のような、独特《どくとく》の感覚《かんかく》がはしるのだ。

いま、それを感じたということは、清彦《きよひこ》さんと慎之介《しんのすけ》は、たんに舟で沖《おき》にでて霧にかこまれただけではなく、怪談《かいだん》にまきこまれた可能性《かのうせい》が高いということだ。

ぼくだけなら助けられないかもしれないけど、山岸《やまぎし》さんがいれば――。

その山岸さんは「しょうがないなあ」といいながら、舟をひっくりかえすのをてつだってくれた。

ふたりで力をあわせて波うち際《ぎわ》までひきずると、海にうかべてみる。

どうやら、舟底に穴《あな》があいたりしている様子はなさそうだ。

山岸さんが、ひょいと身軽にのりこむ。

それにつづいて、ぼくはそっと舟の床《ゆか》に足をのせた。

ギギギギ……ときしむような音を立てて、舟が大きくゆれる。

あわててしゃがみこんだぼくは、足元にころがっているひしゃくに気がついた。

ちょっと考えてから、手近な岩にひしゃくをうちつけて、底をたたきわる。

「こうしておいたほうがいいですよね？」

山岸さんも、当然『舟幽霊《ふなゆうれい》』の話を知っているだろうと思ってきいたんだけど、

「うーん」

山岸《やまぎし》さんは腕《うで》を組んで、微妙《びみょう》な表情《ひょうじょう》をうかべた。

「まあ、地域《ちいき》によって、いろんな説があるからねえ」

「え……」

どういう意味ですか、ときく前に、

「ほら、いくよ」

山岸さんはそういって櫓《ろ》——舟をあやつるのに使う長い棒《ぼう》——をつかむと、岩につきたて、その勢《いきお》いで海にこぎだした。

ザバ……ザバ……と波をかきわけながら、舟はまっすぐに進んでいく。

岸からはなれるにつれて、霧《きり》はどんどん濃《こ》くなり、沖《おき》に見える舟のかげも、まるで間に膜《まく》があるみたいに、りんかくまであいまいになってきた。

それでも、なんとか近くまでたどりつくと、

「おーい、慎之介《しんのすけ》。清彦《きよひこ》さん」

ぼくは大声でよびかけた。

すると、小さいほうの人かげが、わずかに手をふりかえしたような気がした。

やがて、むこうの舟にとびうつれるぐらいまで近づいたぼくは、中をのぞきこんで、あぜんとした。

舟にのっていたのは、人ではなかったのだ。

大きなわらの束に手足をつけて、服をはおらせただけの、いってみれば巨大《きょだい》なわら人形だった。

二体のわら人形は、ぼくたちの目の前で、まるで糸がきれたあやつり人形みたいに、とつぜんクタリと横たわった。

さっき、たしかに手をふりかえしたように見えたのに……と思っていると、

「これは一本とられたね」

山岸《やまぎし》さんがおもしろがるような口調でいった。

ふと気がつくと、霧《きり》は完全に視界《しかい》をさえぎって、岸の様子どころか、自分がのっている舟のはしさえ、はっきりとは見えなくなっていた。

ザザ……ザザザ……ザザ……ザ……

舟をゆらしていた小さな波が、なにかの前ぶれのように、とつぜんやんだ。

本能的《ほんのうてき》に身がまえていると、

ザッパーン

舟のまわりから、何十本もの白くて長い腕《うで》がとびだしてきて、

「ひしゃくをくれ～、ひしゃくをくれ～」

うねうねとうごきながら、もの悲しい声でうったえだした。

ぼくはからだ中に鳥肌《とりはだ》が立つのを感じながら、底のぬけたひしゃくを手にとると、

「ほら、ひしゃくだ」

とさけんで、海の中に放りなげた。

動きをとめた腕たちは、いったん海中にしずんだかと思うと、つぎの瞬間《しゅんかん》、すべての手がひしゃくをにぎりしめて、ふたたびあらわれた。

そして、ひしゃくで水をすくっては、舟の中にそそぎこもうとした。

ところが、ひしゃくは底がぬけているので、水のしずくがぽたぽたと落ちてくる程度《ていど》で、まったく水はたまらない。

ぼくが、ホッとひといきついていると、

「なんだ、これは」

頭の上から、低い声がひびいてきた。

「底がぬけているではないか」

「ぬけているではないか」

「だましたな」

「「だましたな」」

「「「だましたな！」」」

白い手たちの大合唱《だいがっしょう》が、夜の海にひびきわたる。

ぼくが思わず耳をふさいでしゃがみこむと、白い手たちは、舟のへりに手をかけて、ゆっさゆっさとゆらしはじめた。

「話とちがうじゃないか!」

ぼくの抗議《こうぎ》の声にも、白い手たちは動きをとめることなく、舟を大きくゆらしつづける。

このままでは、ひっくりかえされてしまう。

「山岸《やまぎし》さん」

ぼくが山岸さんを見ると、

「だからいっただろ。いろんな説があるんだよ」

山岸さんはのんびりした口調でいった。そして、

「なにしてるんだい。ほら、いくよ」

ぼくの手を引いて、わら人形ののった舟にとびうつった。

バッシャーン、と大きな水しぶきを舟のまわりにあげながら、なんとか着地する。

ふりかえると、白い手たちは、さっきまでぼくたちがのっていた、無人の舟をゆらしつづけていた。

追いかけてこないのかな、と不思議に思っていると、

「舟幽霊《ふなゆうれい》の本能《ほんのう》は、人をおそうことではなく、舟をしずめることだからね」

山岸《やまぎし》さんが、まるで動物の生態《せいたい》でも語るようにいった。

「だから、あの舟をしずめるまでは、こっちにはこないと思うよ」

「それじゃあ、早くにげましょうよ」

ぼくが山岸さんの腕《うで》をつかむと、

「でもなあ……」

山岸さんは、岸があると思われる方角をながめながら、

「岸までは、ちょっと距離《きょり》があるから、にげきるのはむずかしいんだよね。それより、こんな霧《きり》にかこまれた海にいると、思いだす話があるんだ」

そういうと、どこからか、深い緑と茶色がまじったような一冊《さつ》の本をとりだした。山岸さんが完成をめざしている、百物語の本だ。

「こんなときに、本なんか読んでる場合ですか」

ぼくの文句を無視して、山岸さんはぱらぱらとページをめくると、「あったあった」と

手をとめて、霧《きり》の中で怪談《かいだん》を読みはじめた。

『幽霊船《ゆうれいぶね》』

これは、わたしが漁師《りょうし》になってまもないころの話です。

当時、わたしは祖父《そふ》の弟——大叔父《おおおじ》といっしょに漁にでていました。

大叔父は漁師になって四十年以上の、海の大ベテランです。

その日は、この地方にしてはめずらしく、朝から海面にうすいもやがかかっていました。

それでも、しばらくすれば晴れるだろうと、わたしと大叔父はいつものように舟をだしました。

その年は不漁《ふりょう》つづきで、わたしたちもあせっていたのです。

ほかに舟もでていないせいか、網《あみ》にはよく魚がかかりました。

それで油断《ゆだん》していたのでしょう。気がつくと、あたり一面に濃《こ》い霧《きり》がたちこめて、わたしたちはすっかり方角がわからなくなっていました。

それでも、しばらくして風がふけば、霧も晴れるはずです。

わたしと大叔父《おおおじ》が、岸からあまりはなれないよう、舟をその場にとどめていると……


バシャーン、と音がして、顔をむけると、さっきまでぼくたちがのっていた舟が、霧のむこうでひっくりかえっていた。

獲物《えもの》を失った白い手たちが、つぎなる獲物をさがすようにきょろきょろとあたりを見まわしている。

「山岸《やまぎし》さん」

ぼくは山岸さんのそでを強く引いたけど、山岸さんはかまわずに怪談《かいだん》をつづけた。

霧《きり》のむこうから、大きなかげが近づいてきました。

どうやら船のようですが、わたしたちがのっているのとはくらべものにならないくらい、大きな船です。

船は、霧でこちらが見えていないのか、わたしたちの舟にまっすぐむかってきます。

わたしと大叔父《おおおじ》は、あわてて舟をこぎだしました。

だけど、むこうの船とは速さがまったくちがいます。

「おーい」

わたしは大声をあげて、ここに舟がいることを知らせようとしましたが、むこうの速度はまったく落ちません。

そのときになってようやく、わたしはおかしいと思いました。

いくらこちらが小さいとはいえ、この距離《きょり》まで近づけば、かげぐらいは見えるはずなのです。

「うわっ!」

ぼくはバランスをくずして、思わず大声をあげた。

いつのまにか、白い手が何本か、こちらの舟のへりをつかんで、ゆっさゆっさとゆらしていたのだ。

ぼくは山岸《やまぎし》さんの説得《せっとく》をあきらめて、舟底に放りだされていた櫓《ろ》を手にとると、なんとか舟をうごかそうとした。

だけど、白い手がつかんでいるせいか、それともぼくがへただからか、舟はまったくうごかない。

それでも、山岸さんはまったくどうじることなく本を読みつづけた。


これはもしかして、言い伝えにある幽霊船《ゆうれいせん》では……。

わたしはゾッとしました。

わたしの村では、かつて、何十人とのった大きな漁船《ぎょせん》が漁《りょう》にでたまま帰ってこず、幽霊船になってさまよっているといううわさがあったのです。

船はどんどん近づいてきます。

ぶつかる直前、わたしは櫓《ろ》をつかむと、大きく方向を変えてよけようとしました。

そのときのことです。

「そっちじゃない！」

大叔父《おおおじ》が、わたしの手から櫓をもぎとると、なにを考えたのか、幽霊船《ゆうれいせん》にむかってつっこんでいったのです。

「あぶない！」

わたしは衝突《しょうとつ》にそなえて、身をちぢめました。

ところが、しばらく待っても、なにも起きません。

顔をあげると、あの大きな船のかげはどこにもなく、ただ白い霧《きり》がわたしたちをつつんでいるだけでした。

やがて、海の上を風が通りすぎ、霧がじょじょに晴れていくと、わたしはゾッとしました。

わたしがさけようとした方向には、海面からいくつものするどい岩がとびだしていたのです。

もしぶつかっていれば、わたしたちがのっているような小さな舟は、まちがいなくくだけちっていたでしょう。

わたしが胸《むね》をなでおろしていると、

「幽霊船《ゆうれいせん》にであったときは、よけてはいかん」

大叔父《おおおじ》が、低い声でいいました。

「よけたら、やつらの思うつぼじゃ。おそれずにむかっていけ。そうすれば、やつらのほうがおそれをなして、消えてしまう」

あれから数十年がたち、幽霊船のうわさもきかなくなりましたが、いまでもあの日の恐怖《きょうふ》だけはわすれることができず、霧《きり》の日には、海のむこうから大きな船のかげが姿《すがた》を現《あらわ》すような気がするのです。

「まあ、ようするに――」

山岸《やまぎし》さんは本をパタンと閉《と》じて、しめくくるようにいった。

「危険《きけん》がせまったときほど、冷静に行動しなさい、ということかな」

「なにをのんびりしたことといってるんですか」

ぼくは必死で櫓《ろ》をあやつりながらいった。

とはいっても、山岸さんの見よう見まねなので、ただ長い棒《ぼう》で海の水をかきまわしているだけだ。

気がつくと、白い手はどんどんふえて、へりをうめつくしている。

舟のゆれも大きくなって、ひっくり返るのも時間の問題に思えた。

「山岸さん！」

ぼくがたまらずさけび声をあげると、

「だいじょうぶだよ――ほら」

山岸さんはのんびりした口調で、ぼくの背後《はいご》を指さした。

ぼくはふりかえって——目をうたがった。

霧《きり》のむこうに、大きな船のかげが現《あらわ》れたのだ。

それはまさに、いま話にでてきた幽霊船《ゆうれいせん》の姿《すがた》だった。

ぼくがぽかんと口をあけていると、

「この本に書かれている怪談《かいだん》は、本物ばかりだからね」

山岸《やまぎし》さんは本をしまいながら、なんでもないことのようにいった。

「だから、反対に怪談を語ることで、本物が現れることもあるんだよ」

おどろいたのは、幽霊船が現れたことだけではなかった。

舟をゆらしていた白い手たちも、つぎつぎと手をはなすと、幽霊船のほうへとむかっていったのだ。

まるで白い蛇《へび》が海をわたるようなその光景を、ぼくがぼうぜんと見送っていると、

「いっただろ？　舟幽霊《ふなゆうれい》は、船をしずめるのが本能《ほんのう》だからね。大きな船のほうに、引きよせられるものなんだよ」

「はあ……」

山岸《やまぎし》さんの話は、どこまで本気かわからなかったけど、白い手がぼくらの舟からはなれていくのは事実だった。

「ほら、かして」

山岸さんは、ぼくの手から櫓《ろ》をうけとると、器用にこぎだした。

舟はみるみるうちにスピードをあげて、岸があると思われる方向へと進んでいく。

背後《はいご》をふりかえると、無数の白い手が、あの大きな幽霊船《ゆうれいせん》につぎつぎとむらがっていくのが見えた。

舟幽霊《ふなゆうれい》対幽霊船——怪獣映画《かいじゅうえいが》のタイトルみたいだな、なんてくだらないことを考えていると、霧《きり》が晴れてきて、前方にあの岩壁《がんぺき》が見えてきた。

白い手たちは、まだ幽霊船に気をとられているようだ。ぼくがようやく息をついていると、背後から、チリンチリンと鈴《すず》のような音がきこえてきた。

山岸さんが、一瞬《いっしゅん》櫓をあやつる手をとめる。

そして、霧のむこうを見すかすように目をほそめると、チッ、と小さく舌うちをした。

「どうしたんですか?」

ぼくの問いにも無言で、櫓《ろ》をあやつる手に力をこめる。

舟はさらに速度をまして、あっというまに砂浜《すなはま》についた。

「まいったな」

舟からおりながら、山岸《やまぎし》さんがつぶやく。

「なにがですか？」

再度《さいど》の問いかけに、山岸さんは海のほうを指さした。

そちらに目をむけて、ぼくはあっけにとられた。

ずいぶん見通しがよくなった海の上を、白い着物の集団《しゅうだん》が、まるで海面をすべるようにスーッと近づいてくるのが見えたのだ。

よく見ると、全員白い着物に笠《かさ》をかぶって、手には鈴《すず》のついた杖《つえ》のようなものをもっている。

七人ミサキだ。

ぼくがふるえあがっていると、

「いくよ」

山岸《やまぎし》さんは櫓《ろ》をなげすてて、足早に歩きだした。

ぼくもあわててあとを追う。

車にのりこんでエンジンをかけると、

「あいつ、とんでもないものをつれてきやがった」

山岸さんは顔をしかめて、アクセルをふみこんだ。

「どういうことですか？」

助手席でシートベルトをしめながら、ぼくがたずねると、

「舟幽霊《ふなゆうれい》は、前座《ぜんざ》だったんだよ」

山岸さんは真剣《しんけん》な顔で前を見つめながらいった。

「前座《ぜんざ》？」

「うん。舟幽霊《ふなゆうれい》で、もしぼくたちがおぼれてしまえば、それでいいし、もしだめなら、七人ミサキがおそってくる――そんな、二段《だん》がまえの作戦だったんだ」

「作戦って、だれのですか？」

「きまってるだろ」

山岸《やまぎし》さんは、チラッとバックミラーを見ながらいった。

「あいつ――かげ男だよ」

ぼくもバックミラーを見て、ゾッとした。

七人ミサキの集団《しゅうだん》が、一定の距離《きょり》をたもって、ぴったりとついてきているのだ。

「たぶん、昨日、男の子をつかって浩介《こうすけ》くんを森の中におびきよせたのも、あいつのしわざだろうな。それに失敗したから、今度は二段がまえの作戦をしかけてきたんだ」

「さっきの手はつかえないんですか？」

「さっきの手？」

「ほら。怪談《かいだん》を語って、怪談同士をぶつけるっていう……」

「ああ……」

山岸《やまぎし》さんは、苦笑《にがわら》いをうかべた。

「あれは、いつでもできるわけじゃないんだ。さっきは海の上で、しかも霧《きり》がでてたから『幽霊船《ゆうれいせん》』をよびだすことができたけど……」

山岸さんは、そこでいったん言葉をきると、首をふってつづけた。

「それに、七人ミサキに対抗《たいこう》できる怪談《かいだん》なんて、そうそうないからね」

どうやら七人ミサキというのは、相当に強い怨霊《おんりょう》のようだ。

「それじゃあ、どうするんですか？」

ぼくはうしろをふりかえった。七人ミサキとの距離《きょり》は、少しずつちぢまってきているみたいだ。

「とりあえず、祠《ほこら》に封《ふう》じこめる以外になさそうだね」

山岸さんはさらにスピードをあげた。

なにかの力がはたらいているのか、道路にはぼくたちと七人ミサキ以外、人も車も見あたらない。

「浩介《こうすけ》くん、祠《ほこら》の場所はわかるよね？」

「はい」

さっき、園田《そのだ》さんを案内してきたばかりだ。

民宿の近くまでくると、山岸《やまぎし》さんは、ほそい道に強引に車をのりいれて、森の手前でとめた。車をおりると、そのままぼくの手を引いて、森の中にかけこむ。

暗い森の中、祠のある場所だけが、なぜか月明かりにてらされていた。

祠の扉《とびら》には、はずされた南京錠《なんきんじょう》がぶらさがっている。

山岸さんはしめ縄《なわ》をはずすと、ぼくにむかって手をつきだした。

「――なんですか？」

「お守り」

「あ、はい」

ぼくはT《ティー》シャツの下に手をつっこんで、お守りを首からはずすと、山岸さんにわたした。

「これをつくるのは、けっこう手間と時間がかかるんだけどな……」

ぶつぶついいながら、お守りのひもをといた山岸さんは、中身をとりだして、

「ん？」

と眉《まゆ》をひそめた。

山岸《やまぎし》さんの手元をのぞきこむと、てのひらに、人型をした二枚《まい》の小さな木の板がのせられている。

こんなのが中に入っていたのか、と思っていると、山岸さんはけわしい表情《ひょうじょう》のままため息をついて、

「やられたな」

とつぶやいた。

「どうしたんですか？」

「浩介《こうすけ》くん、このお守り、手元からはなしたよね？」

「え？　……あっ！」

そういえば、今日の昼間、砂浜《すなはま》に落として、しばらくそのままになっていた。

「そのときに、すりかえられたんだよ」

「すりかえられた？」

「うん。見た目はそっくりだけど、これはにせものなんだ」

山岸《やまぎし》さんがそういったとき、森の中にひときわ高く鈴《すず》の音がなりひびいた。

ふりかえると、七人ミサキがすぐそばまでやってきていた。

先頭では、しわだらけの顔をした男の人が、えものをねらうような目で山岸さんを見つめている。そのうしろでは、ネコをさがしていたあの男の子が、笠から目だけをのぞかせて、じっとぼくをにらんでいた。


チリン……チリン……


七人ミサキは、鈴の音を鳴らしながら、じりじりと近づいてくる。

ぼくは山岸さんをふりかえった。

いつもなら、このへんですずしい顔をしてピンチから脱出《だっしゅつ》する山岸さんが、今日はめずらしく真剣《しんけん》な顔で腕《うで》をくんだまま、うごこうとしない。

男の子が、かすかに笑《え》みをうかべながら、ぼくに手をのばしかけて——その手をとちゅうでとめた。

とまどうような表情《ひょうじょう》をうかべて、ぼくたちの背後《はいご》に視線《しせん》をむけている。

うしろをふりかえった山岸《やまぎし》さんが、「おや？」と声をあげた。

「あそこに置いてあるのは、なんだい？」

「ああ、あれはさっき、園田《そのだ》さんが……」

祠《ほこら》の手前には、お菓子《かし》とジュースがつまれていて、その横には花がそえられている。

七人ミサキの話をきいた園田さんが、男の子のために、エコバッグに入れてはこんできたのだ。

男の子は、しばらくの間、お菓子の山を見つめていたけど、やがてこぶしを高くふりあげると、ぼくにむかってなにかをなげてきた。

反射的《はんしゃてき》にうけとめると、それはすりかえられたはずの、お守り袋《ぶくろ》だった。

「山岸さん」

ぼくが山岸さんにわたすと、山岸さんは中身をすばやくとりだして、口の中でなにか呪《じゅ》文《もん》のようなものをとなえた。そして、人型をした二枚《まい》の木の板を、七人ミサキの頭上に放りなげた。

木の人形は、青白くかがやいて、人間と同じくらいの大きさになると、放物線をえがきながら、七人ミサキの一番うしろについた。

いれかわるように、前のふたりがまっ白な光につつまれ、まるで見えない糸につりあげられるみたいに、天高くのぼっていく。

見あげると、森の前で会ったときの服装《ふくそう》にもどった男の子が、ほほえみをうかべながら、ぼくたちを空から見おろしていた。

「ほら、あぶないよ」

空を見あげていたぼくは、とつぜん強くひっぱられて、地面にしりもちをついた。

すぐ目の前を、七人組の白い着物姿《きものすがた》の集団《しゅうだん》が、すべるように通りすぎていく。

全員が祠《ほこら》の中にすいこまれると、山岸《やまぎし》さんはすばやく南京錠《なんきんじょう》をかけて、しめ縄《なわ》をもとにもどした。

山岸さんが大きく息をはきだしているところをみると、どうやら今回は、本当にあぶなかったみたいだ。

ぼくも、しばらく立ちあがれなかった。

もし、あの男の子がお守りをかえしてくれなかったら、もしかしたらいまごろぼくも、七人ミサキの一員になっていたのかも——そう考えると、あらためて、背筋《せすじ》がぞーっとするのを感じた。

つかれきったぼくたちが森をでると、黒い帽子《ぼうし》をかぶって黒いコートを着た背の高い男の人が、車のそばに立っていた。

かげ男だ。

かげ男は、ニヤリと笑っていった。

「どうしたんだ？　ずいぶんつかれた顔をしてるじゃないか」

「ちょっと、鬼《おに》ごっこをしていてね」

山岸さんはぶぜんとした表情《ひょうじょう》でいった。

「それは大変だったな」

かげ男は両手を広げて、よゆうの表情でうなずいた。

「そういえば、例の祠《ほこら》は見つかったのか？」

「いや」

山岸《やまぎし》さんは首をふって、肩《かた》をすくめると、

「まあ、気長にさがすさ。時間はあるからね」

そういって、車を置いたまま、かげ男の横をすりぬけるようにしてすたすたと歩きだした。

あわててあとを追いながら、うしろをふりかえると、かげ男はまるで本物のかげのように、その場にじっと立ちつくして、ぼくたちを見送っていた。

民宿《みんしゅく》にもどると、清彦《きよひこ》さんと慎之介《しんのすけ》がでむかえてくれた。

「心配かけて、わるかったね」

清彦さんが顔の前で両手をあわせる。

ふたりの話によると、釣《つ》り船をかりる相談をするため、清彦さんの知り合いのところに車でむかおうとしたんだけど、とちゅうで濃《こ》い霧《きり》にかこまれて道にまよってしまい、ついさっき、ようやくもどってきたところなのだそうだ。

ぼくは、山岸《やまぎし》さんといっしょに海岸のほうまでさがしにいったけど、みつからなかったのでもどってきた、とだけ話して、それ以上のことはいわずにおいた。

おそくなった夕食を食べると、ぼくたちは最後の夜を、花火をしてすごした。

つぎつぎに色を変えながらふきだす火花を見つめながら、あの男の子も、空から見てるといいな、と思った。


つぎの日。ぼくたちはせっかくだからということで、山岸さんの車で帰ることになった。

堤防《ていぼう》に背中《せなか》をむけて、ラーメン屋さんとガソリンスタンドのある交差点を左にまがり、消防署《しょうぼうしょ》の前を通りすぎたところで、

「あの……」

助手席のぼくは、山岸《やまぎし》さんに小声で話しかけた。

「もしかして、木の人形を七つつくれば、七人ミサキは成仏《じょうぶつ》するんじゃないですか？」

「簡単《かんたん》にいうけど、あれをつくるのは大変なんだよ」

山岸さんは片方《かたほう》の眉《まゆ》をあげてぼくを見た。

「まず、樹齢《じゅれい》千年以上のとくべつな木が必要だし、人型にきりぬいてからも、七日七晩《ばん》、呪文《じゅもん》をとなえて念《ねん》をこめないと……一体つくるだけでも、そうとうな時間と労力がかかるんだ」

七日七晩はあやしいと思ったけど、ぼくはだまってうなずいた。

「それに、木の人形でも、あの中にとりこまれてしまえば、つぎの犠牲者《ぎせいしゃ》をもとめてさまようことに変わりはないしね。つまり、七人ミサキはそれくらい強い怨霊《おんりょう》なんだ」

山岸さんは、赤信号でブレーキをふむと、フウッ、と小さく吐息《といき》をついて、前をにらみ

ながらつぶやいた。

「その人型を、ふたつもつかうはめになったんだ。あいつには、それなりの礼をしないとな」

あいつというのは、かげ男のことだろう。

かげ男は、いったいなにをねらっているのか。

そして、山岸《やまぎし》さんがさがしている祠《ほこら》とは……。

山岸さんに関しては、まだまだ謎《なぞ》が多いな、と思っていると、

「なんの話をしてるの？」

後部座席《こうぶざせき》から、園田《そのだ》さんが身をのりだしてきた。

山岸さんはにやりと笑うと、

「この先に、幽霊《ゆうれい》がでるってうわさのトンネルがあるんだけど、見にいってみる？　って話をしてたんだ」

とつぜんそんなことをいいだして、右折《うせつ》のウインカーをだした。

「せっかくだから、ちょっとよっていこうか」

「やったー」

車は園田《そのだ》さんの歓声《かんせい》と、ぼくと慎之介《しんのすけ》の悲鳴をのせながら、バイパスをそれて、ほそい山道へと入っていった……。

次回予告

「怪談収集家《かいだんしゅうしゅうか》　山岸良介《やまぎしりょうすけ》と学校の怪談（仮題）」

新学期――強烈《きょうれつ》な霊媒体質《れいばいたいしつ》の浩介《こうすけ》は
学校でも怪談をよびよせてしまいます。
トイレの花子《はなこ》さん、美術室《びじゅつしつ》のモナリ
ザ、理科室のガイコツなどが集まり、
事件発生《じけんはっせい》！　今度も山岸さんは助けて
くれるのでしょうか？

緑川聖司（みどりかわ　せいじ）
『晴れた日は図書館へいこう』で第1回日本児童文学者協会長編児童文学新人賞佳作を受賞し、デビュー。作品に『プールにすむ河童の謎』（小峰書店）、『ついてくる怪談　黒い本』などの「本の怪談」シリーズ（全12巻）、「晴れた日は図書館へいこう」シリーズ、『福まねき寺にいらっしゃい』（以上ポプラ社）、『霊感少女』（KADOKAWA）などがある。大阪府在住。

竹岡美穂（たけおか　みほ）
人気のフリーイラストレーター。おもな挿絵作品に「文学少女」シリーズ、「吸血鬼になったキミは永遠の愛をはじめる」シリーズ（ともにエンターブレイン）、緑川氏とのコンビでは「本の怪談」シリーズがある。埼玉県在住。

2016年7月　第1刷　　2017年5月　第2刷

ポプラポケット文庫077-14
怪談収集家《かいだんしゅうしゅうか》 山岸良介《やまぎしりょうすけ》の冒険《ぼうけん》

作　緑川聖司
絵　竹岡美穂
発行者　長谷川 均
発行所　株式会社ポプラ社
東京都新宿区大京町22-1　〒160-8565
振替　00140-3-149271
電話（編集）03-3357-2216
（営業）03-3357-2212
インターネットホームページ www.poplar.co.jp
印刷　岩城印刷株式会社
製本　大和製本株式会社
Designed by 荻窪裕司

ISBN978-4-591-15080-1　N.D.C.913　198p　18cm

みなさんとともに明るい未来を

一九七六年、ポプラ社は日本の未来ある少年少女のみなさんのしなやかな成長を希《ねが》って、「ポプラ社文庫」を刊行しました。

二十世紀から二十一世紀へ——この世紀に亘《わた》る激動の三十年間に、ポプラ社文庫は、みなさんの圧倒的な支持をいただき、発行された本は、八五一点。刊行された本は、何と四千万冊に及びました。このことはみなさんが一生懸命《いっしょうけんめい》本を読んでくださったという証左《あかし》でもあります。

しかしこの三十年間に世界はもとよりみなさんをとりまく状況も一変しました。地球温暖化による環境破壊、大地震、大津波、それに悲しい戦争もありました。多くの若いみなさんのかけがえのない生命も無惨《むざん》にうばわれました。そしていまだに続く、戦争や無差別テロ、病気や飢餓《きが》……、ほんとうに悲しいことばかりです。

でも決してあきらめてはいけないのです。誰もがさわやかに明るく生きられる社会を、世界をつくり得る、限りない知恵と勇気がみなさんにはあるのですから。

——若者が本を読まない国に未来はないと言います。

創立六十周年を迎えんとするこの年に、ポプラ社は新たに強力な執筆者《しっぴつしゃ》と志《こころざし》を同じくするすべての関係者のご支援をいただき、「ポプラポケット文庫」を創刊いたします。

二〇〇五年十月

株式会社ポプラ社